88
35
28

Jochen Till

Luzifer junior
Ein Geschenk der Hölle

Alle Bände von Luzifer junior:

Band 1: Zu gut für die Hölle
Band 2: Ein teuflisch gutes Team
Band 3: Einmal Hölle und zurück
Band 4: Der Teufel ist los
Band 5: Ein höllischer Tausch
Band 6: Schule ist die Hölle
Band 7: Fiese schöne Welt
Band 8: Ein Geschenk der Hölle

Jochen Till

LUZIFER junior

Ein Geschenk der Hölle

Mit Illustrationen von Raimund Frey

Band 8

Loewe

FSC
www.fsc.org
MIX
Papier aus verantwortungsvollen Quellen
FSC® C014496

ISBN 978-3-7432-0490-4
1. Auflage 2020

Dieses Werk wurde vermittelt durch die Agentur Brauer
Umschlag- und Innenillustrationen: Raimund Frey
Umschlaggestaltung: Michael Dietrich
Printed in the EU

www.luzifer-junior.de
www.loewe-verlag.de

Inhalt

Luzifer junior

Luzie genannt, Sohn des Teufels.
Wurde zu uns nach oben geschickt,
weil er zu lieb für die Hölle ist.
Kennt sich in der Oberwelt noch nicht gut aus.
Tarnname in St. Fidibus: Vitus von Turbsnatas.

Lilly

Nichte des Hausmeisters in St. Fidibus.
Luzies Zwillingsschwester, was die
beiden aber noch nicht lang wissen.
Hat das Temperament ihres Vaters geerbt.

Luzifer

Herrscher der Hölle.
Unbeherrscht, launenhaft, bösartig.
Zeigt in seltenen Fällen aber doch Herz,
wenn es um seine Kinder geht.

Steven

Luzifers Assistent.
Bringt die Hölle auf den
neuesten technischen Stand.
Liebt Äpfel, hasst Fenster.

Luzies dämonischer Onkel.
Durch und durch böse und gefährlich irre.

Luzies Hausdämon.
Kann sich in alle Tierarten
der Oberwelt verwandeln.
Sehr verfressen.

Schüler in St. Fidibus.
Luzies Freund.
Hochintelligent.
Hat jede Menge Ticks.

Schüler in St. Fidibus.
Luzies Freund.
Zuverlässig, hilfsbereit.
Ist mutiger, als er denkt.

»ICH DREH NOCH MAL DURCH HIER! DAS IST EINFACH UNMÖGLICH! STEVEN! STEEEEEEE-VEN!«

Bart kraulen

»Ja, Chef?«

»WER HAT DIESEN MIST EIGENTLICH ERFUNDEN? ICH HOFFE, ER SITZT HIER UNTEN UND MUSS DAS ZUR STRAFE JEDEN TAG SELBST MACHEN!«

»Was meinen Sie, Chef? Wer soll was zur Strafe selbst machen?«

»NA, DER TYP, DER GESCHENKPAPIER ERFUNDEN HAT! JEDE WETTE, DER HAT DAS NIE SELBST AUSPROBIERT!«

»Ach, so schwer ist das gar nicht, Chef. Ich zeig's Ihnen. Was möchten Sie denn einpacken?«

»Hier, diesen Dreizack. Den kriegt Luzie zum Geburtstag.«

»Ein Dreizack? Für einen Zwölfjährigen, der hauptsächlich oben lebt? Was soll er denn damit?«

»Was weiß ich? Äpfel pflücken. Sich damit in der Nase bohren. Seine Lehrer aufspießen. Mir doch egal. Schlimm genug, dass ich ihm überhaupt etwas zum Geburtstag schenken muss. Hier unten macht man so einen Firlefanz zum Glück nicht.«

»Jetzt stellen Sie sich mal nicht so an, Chef. Geburtstag ist doch nur einmal im Jahr. Und Luzie wird sich sicher sehr darüber freuen, dass ihm sein Vater etwas schenkt – auch wenn es nur ein Dreizack ist. Was kriegt denn Lilly?«

»Lilly? Wieso denn Lilly? Muss ich ihr etwa auch was schenken?«

»Schon vergessen, Chef? Lilly ist Luzies Zwillingsschwester. Die beiden haben am selben Tag Geburtstag.«

»Ja, aber das weiß ich doch noch gar nicht lange. Bis vor ein paar Monaten wusste ich ja noch nicht einmal, dass Lilly überhaupt existiert. Gibt es da nicht so eine Art Schonfrist? Luzie kriegt sein erstes Geburtstagsgeschenk ja auch erst nach zwölf Jahren.«

»So funktioniert das nicht, Chef. Das sind beides Ihre Kinder und sie haben beide Geburtstag, also müssen Sie auch beiden etwas schenken. Lilly wäre sonst sehr enttäuscht und würde sich vernachlässigt fühlen. Und das wollen Sie doch ganz sicher nicht, oder?«

»Wieso nicht? Ist doch nicht mein Problem, wenn sich jemand anderes vernachlässigt fühlt. Aber gut, von mir aus, dann kriegt sie eben auch einen Dreizack, ich hab mehr als genug davon.«

»Äh … Ich glaube nicht, dass sich ein zwölfjähriges Mädchen, das in der Oberwelt aufgewachsen ist, über einen Dreizack freuen würde, Chef.«

»Was denn? Freuen muss sie sich auch noch darüber?«

»Das ist der Sinn von Geschenken, Chef. Dass der oder die Beschenkte sich darüber freut.«

»JETZT WIRD'S MIR ABER LANGSAM ZU BUNT MIT DIESEM GANZEN GESCHENKEQUATSCH! ICH BIN DOCH NICHT DAFÜR DA, ANDEREN EINE FREUDE ZU MACHEN! ICH SORGE DAFÜR, DASS ALLEN JEDWEDE FREUDE GRÜNDLICH VERGEHT, WENN SIE NUR AN MICH DENKEN! ICH BIN DER HERRSCHER DER HÖLLE, VERFLUCHT NOCH MAL! NICHT DER BESCHEUERTE WEIHNACHTSMANN!«

»Den Weihnachtsmann gibt es doch gar nicht, Chef.«

»Was? Wieso? Hab ich da irgendwas verpasst? Hat mein Vater diesen Schmarotzer endlich gefeuert?«

»Äh … Keine Ahnung. Ich dachte eigentlich immer … Ich wusste nicht, dass …«

»Das war dann aber echt höchste Zeit! Nur einmal im Jahr arbeiten und die restliche Zeit faul am Pool einer Villa auf den Bahamas herumlungern und sich von seinen Wichteln den Bart kraulen lassen! Den Job hatte Papa eigentlich mir versprochen! Und wo bin ich gelan-

det? In diesem Höllenloch! Und jetzt soll ausgerechnet *ich* auch noch Geschenke verteilen! Ha! Das sehe ich ja überhaupt nicht ein! Vergiss es! Es gibt keine Geschenke!«

»Aber es sind doch nur zwei, Chef. Und sie sind für Ihre Kinder. Ich packe sie auch ein, das ist gar kein Problem, darum müssen Sie sich nicht kümmern. Glauben Sie mir, Luzie und Lilly werden Ihnen sehr dankbar sein und Sie noch mehr lieben, als sie es sowieso schon tun.«

»Meine Kinder lieben mich?«

»Aber natürlich, Chef. Für Luzie und Lilly sind Sie der Größte.«

»Hm. Das war mir so nicht bewusst. Ich meine, es gibt ja nicht gerade viele Leute, die mich lieben.«

»Das stimmt, Chef. Laut einer aktuellen Umfrage unter Höllenbewohnern werden Sie von 100 Prozent der Befragten gehasst, verabscheut, verachtet und gefürchtet. Nur ein einziger hat angekreuzt, dass er Sie liebt, aber das war einer der Schamlosen Schleimer aus Abteilung 98 und selbst der hat seine Aussage hinterher noch in *abgrundtiefen Hass* geändert.«

»Perfekt, so muss das sein. Ich bin ja auch nicht hier, um geliebt zu werden. Aber irgendwie ist es doch schön zu wissen, dass es bei meinen Kindern anders ist.«

»Genau, Chef. Und damit das so bleibt, sollten Sie sich das mit den Geschenken vielleicht doch noch einmal überlegen.«

»Ja, ja, schon gut, ich mach's ja, sie kriegen ihre Geschenke.«

»Eine sehr weise Entscheidung, Chef. Und eins haben Sie ja sogar schon. Jetzt fehlt nur noch eine passende Idee für Lilly.«

»Hm, schwierig. Was kriegen zwölfjährige Mädchen da oben denn normalerweise zum Geburtstag?«

»Also, meine jüngste Tochter hat sich zum Beispiel immer ein Pony gewünscht.«

»Ein Pony? Gute Idee. Die sind sehr lecker. Gegrillt oder als Schmorbraten?«

»Äh … weder noch, Chef. Mädchen haben ihre Ponys am liebsten lebendig, um auf ihnen reiten zu können.«

»Ein lebendiges Pony? Wo soll ich denn hier unten ein lebendiges Pony herkriegen? Außerdem habe ich gar nicht so viel Geschenkpapier, das reicht höchstens für einen Ponykopf. Kannst du einen Ponykopf besorgen? Dann kriegt sie den Rest nächstes Jahr.«

»Äh … Vielleicht vergessen wir das mit dem Pony lieber wieder. Haben Sie denn nicht vielleicht etwas Persönliches, das Sie ihr schenken können? Ich meine, Sie haben ja noch nicht wirklich viel Zeit mit ihr verbracht, sie ist ohne Sie aufgewachsen, da würde sie sich vielleicht sehr über etwas Persönliches freuen.«

»Ha! Jetzt hab ich's! Sie kriegt meine allererste Streitaxt! Die hab ich noch irgendwo! Da hängen ganz viele persönliche Erinnerungen dran! Und noch ein paar Hautfetzen vom ersten Dämonenkrieg! Die kriegt sie! Das ist nicht nur ein persönliches, sondern auch noch ein sehr praktisches Geschenk! Eine Streitaxt kann man immer gebrauchen! Das ist wie …«

»WAS IST DAS DENN? WO KOMMT DAS HER?«

»KEINE AHNUNG, CHEF! ES KLINGT JEDENFALLS NICHT GUT!«

RUMPEL!

FIIIEP!

RAAAAAH!

KNACK

»DAS HÖRT SICH AN WIE … DAS IST SCHLACHTGETÜMMEL! VERDAMMT! WIR WERDEN ANGEGRIFFEN! ALARM!«

Blöde Fragen

»Unter Karl dem Großen stieg das Frankenreich zu einer neuen Großmacht auf«, sagt der Holzapfel. »Er modernisierte die Verwaltung und leitete eine Bildungsreform ein, die das Frankenreich vor allem kulturell neu belebte.«

Ja, ja, blablabla, wen interessiert das denn bitte schön? Als ob es nichts Wichtigeres gäbe als diese alten Geschichten von anno dunnemals. Vor allem heute. Ich meine, an jedem anderen Tag wäre dieses Geschwafel schon langweilig genug, aber heute nervt es mich tatsächlich noch mehr als sonst. Ich will nicht hier sitzen und mir dieses öde Gelaber anhören. Ich sollte heute überhaupt nicht zum Unterricht gehen müssen. Das gehört eigentlich verboten. Aber Lilly hat gesagt, das sei normal. Sie musste auch zur Schule, wir haben uns noch gar nicht gesehen heute.

»Ein ganz besonderer Tag im Leben Karls des Großen war der 25. Dezember des Jahres 800. Wer weiß, was an diesem Tag geschah? Vitus? Vielleicht möchtest du ver-

suchen, die Frage zu beantworten, bevor du gleich einschläfst?«

Wie bitte, was? Jetzt werde ich auch noch drangenommen? Heute? Unverschämtheit. Das gehört definitiv verboten.

»Hm, Vitus?«, hakt der Holzapfel nach. »Wieso könnte denn dieser Tag ein ganz besonderer für Karl den Großen gewesen sein? Irgendeine Idee?«

»Ja«, brumme ich. »Er hatte Geburtstag, musste in der Schule trotzdem blöde Fragen beantworten und ist deshalb tragischerweise noch vor seiner Geburtstagsparty gestorben.«

Gelächter breitet sich aus.

»Ah, ich verstehe«, sagt der Holzapfel. »Es gibt demnach ausnahmsweise einmal eine Erklärung für deine stoische Missachtung meines Unterrichts. Du hast also heute Geburtstag?«

»Da bin ich mir mittlerweile nicht mehr so sicher«, antworte ich grummelnd. »Man hat mir gesagt, Geburtstage wären lustig und man hätte den ganzen Tag lang Spaß. Davon merke ich bis jetzt allerdings ziemlich wenig.«

Eigentlich überhaupt nichts, um genau zu sein. Als ich vorhin aufgewacht bin, hat sich alles wie immer angefühlt. Ich hatte erwartet, dass heute alles anders wäre, irgendwie besser, schöner und aufregender, weil ich eben Geburtstag habe. Aber hätte Lilly mir nicht letzte Woche gesagt, dass heute mein Geburtstag ist, hätte ich es überhaupt nicht gemerkt. Mein Wecker hat wie immer geklingelt. Ich bin wie immer aufgestanden. Cornibus hat wie immer seine Portion Schokolade zum Frühstück gekriegt und kein Wort über meinen Geburtstag verloren. Im Bad bin ich ausgerutscht und habe mir den Ellenbogen gestoßen, das war auch sehr wenig geburtstaglich. Beim Frühstück haben mir dann Aaron und Gustav kurz die Hand geschüttelt und *Herzlichen*

Glückwunsch gesagt, das war aber auch nicht besonders feierlich. Irgendwie hatte ich mehr erwartet, vorher haben immer alle so getan als wäre das ein ganz besonderer Tag, an dem nur tolle Sachen passieren. Bis jetzt ist überhaupt nichts Tolles passiert. Vielleicht beginnt ein Geburtstag ja aber erst so richtig, wenn die Geburtstagsparty anfängt? Ich hoffe es! Aber das ist erst heute Nachmittag und bis dahin muss ich offenbar noch ganz ungeburtstaglich hier rumsitzen und mich langweilen lassen. Bei meinem nächsten Geburtstag mache ich das auf jeden Fall anders. Da stehe ich erst auf, wenn die Party losgeht.

»Soso, da fühlt sich also jemand an seinem Ehrentag zu wenig gewürdigt«, sagt der Holzapfel. »Na, das können wir doch ändern. Wie wäre es mit einem kleinen Geburtstagsständchen für Vitus, Jungs?«

Im nächsten Moment fangen plötzlich alle an zu singen.

»HAPPY BIRTHDAY TO YOU! HAPPY BIRTHDAY TO YOU!«

Was soll das denn jetzt? Klingt ja grauenhaft. Das hört sich an wie der Dämonenchor, der bei uns unten in Abteilung 40 für die Kleinkarierten Kritiker singt. Und ich verstehe kein Wort. Ist das Englisch? Wieso singen die auf Englisch? Wir haben doch gerade Geschichte, nicht Englisch.

»HAPPY BIRTHDAY, LIEBER VITUS! HAPPY BIRTHDAY TO YOUUUUUUU!«

Lieber Vitus habe ich verstanden, offenbar war das wohl nett gemeint, aber ich bin heilfroh, dass dieses Gejaule vorbei ist. Jetzt jubeln und klatschen alle. Okay, das ist jetzt echt sehr nett und fühlt sich gut an. Aber was muss *ich* denn jetzt machen?

»Äh … danke?«, sage ich vorsichtshalber, während die Jungs aufstehen, um mir die Hand zu schütteln oder mir auf die Schulter zu klopfen.

Als alle durch sind, tritt der Holzapfel auf mich zu und schüttelt ebenfalls meine Hand.

»Ich wünsche dir alles Gute zum Geburtstag, Vitus«, sagt er. »Du bist jetzt ein Jahr älter. Ein Jahr schlauer wäre mir zwar lieber, aber da hält sich meine Hoffnung in Grenzen.«

Er lacht laut auf und schlägt mir auf die Schulter.

»Nur ein Spaß, Vitus«, sagt er. »Feierst du denn heute noch schön? Gibt es eine Geburtstagsparty? Und falls ja: Wieso habe ich keine Einladung gekriegt?«

Ja, es gibt eine Party. Und ich kann es kaum erwarten, das wird nämlich meine allererste Party überhaupt. Nur leider soll niemand etwas davon erfahren. Weil niemand wissen darf, dass ich in Wirklichkeit nicht Vitus von Turbsnatas, sondern der Sohn des Teufels bin und Lilly meine Zwillingsschwester ist. Deshalb hat sie nämlich auch heute Geburtstag und wir feiern zusammen, das wird sozusagen eine Doppelparty. Eine streng geheime Doppelparty. Sie wird bei Lilly zu Hause stattfinden und als Gäste sind nur Aaron, Gustav und Herr Rosenberg eingeladen. Ich hätte ja gerne viel mehr Leute eingeladen, am liebsten alle, von mir aus sogar den Holzapfel, aber dann hätten wir die ganze Zeit so tun müssen, als wären wir keine Geschwister. Lilly hat zwar gesagt, das wäre ihr egal, weil sie schon oft Geburtstag gefeiert hätte, aber ich fand das dann irgendwie blöd. Wenn ich schon eine Zwillingsschwester habe, möchte ich auch mit ihr zusammen feiern, und zwar richtig, als Geschwister, ohne die ganze Zeit lügen und aufpassen zu müssen, dass man sich nicht verplappert. Außerdem haben mir die anderen versprochen, dass es auch mit wenigen Leuten eine super Party wird, mit Geschenken und Geburtstagskuchen und lustigen Partyspielen und was weiß ich noch alles. Ich kann kaum erwarten, bis es losgeht und ich hoffentlich endlich erfahre, wie toll so ein Geburtstag ist. Solange ich hier herumsitzen muss, wird das jedenfalls nichts. Was mich auf eine Idee bringt – vielleicht funktioniert es ja.

»Nein, es gibt keine Party«, antworte ich dem Holzapfel. »Aber Sie dürfen mir natürlich trotzdem gern etwas schenken.«

»Oh, darf ich das?«, erwidert der Holzapfel grinsend. »Das ist aber sehr großzügig von dir. Hast du vielleicht irgendeinen speziellen Wunsch?«

»Na ja«, antworte ich. »Sie würden mir zum Beispiel eine riesige Freude machen, wenn Sie mich für den Rest des Tages vom Unterricht befreien würden.«

»Haha! So was dachte ich mir schon!«, sagt der Holzapfel lachend. »Das ist eine super Geschenkidee. Damit würde ich nämlich nicht nur *dir* eine riesige Freude machen, sondern vor allem *mir*. Aber leider geht das nicht, das ist gegen die Schulordnung. Ich kriege jede Menge Ärger mit Direktor Hasenfuß, wenn ich dich einfach so vom Unterricht befreie. Ich könnte dir trotzdem etwas als Geschenk anbieten: Wie wäre es, wenn ich dich nicht mehr drannehme, wenn du dich nicht meldest?«

»Das wäre super!«, sage ich hocherfreut. »Für immer?«

»Netter Versuch«, erwidert der Holzapfel.

»Für den Rest des Schuljahres?«, hake ich nach.

»Sagen wir, für den Rest der Woche«, gibt sich der Holzapfel geschlagen. »Danach darf ich dich wieder wie jeder gute Lehrer mit Überraschungsangriffen auf deine Gehirnzellen quälen. Abgemacht?«

Er streckt mir seine Hand entgegen, ich schüttle sie.

»Okay«, sage ich. »Abgemacht.«

Dass ich mein erstes Geburtstagsgeschenk ausgerechnet von einem Lehrer kriege, hätte ich auch nicht gedacht. Ich bin schon so gespannt darauf, was mir die anderen schenken werden. Aaron und Gustav haben mich die letzten Tage ständig neugierig gemacht, ohne mir etwas Konkretes zu verraten. Mein Geschenk wäre ganz toll. Und spannend. Und aufregend. Und einzigartig. Ich will jetzt endlich wissen, was es ist! Aber ich muss noch so lang warten, bis ich es kriege! Die Party soll um drei Uhr anfangen, das ist noch eine Ewigkeit hin. Ich schaue auf die Uhr. Verdammt, es ist noch nicht mal neun. Ich beuge mich zu Aaron rüber.

»Können wir denn nicht schon um zwei mit der Party anfangen?«, frage ich flüsternd. »Oder um eins? Gleich nach dem Unterricht?«

»Tut mir leid, das geht nicht«, antwortet Aaron. »Nach

dem Unterricht müssen wir zum Mittagessen. Und Lilly kommt erst um halb zwei aus der Schule. Und dann müssen wir noch alles für die Party vorbereiten. Du darfst also auf keinen Fall vor drei bei Lilly sein. Aber das haben wir dir doch alles schon siebzehnmal erklärt. Erklärt.«

»Ich weiß«, sage ich seufzend. »Hätte ja sein können, dass sich seit gestern etwas geändert hat. Kann ich euch nicht wenigstens bei den Vorbereitungen helfen?«

»Nein, kannst du nicht«, erwidert Aaron. »Wir wollen dich doch überraschen. Das ist deine erste Geburtstagsparty, sie soll ganz besonders werden. Deshalb darfst du erst alles sehen, wenn wir fertig sind. Fertig sind.«

»Ja, aber was soll ich denn solange noch machen?«, frage ich.

»Dich freuen«, antwortet Aaron. »Vorfreude ist bekanntlich die schönste Freude. Schönste Freude.«

»Aber ich freue mich doch jetzt schon seit einer Woche vor«, erwidere ich. »Ich hab mich schon so viel vorgefreut, dass kaum noch Vorfreude übrig ist. Was, wenn ich mich vor lauter aufgebrauchter Vorfreude gar nicht mehr richtig freuen kann, wenn es endlich so weit ist?«

»Keine Sorge«, antwortet Aaron lachend. »Du wirst dich ganz sicher noch freuen, das garantiere ich dir. Bis dahin müsstest du die Vorfreude nur durch ein bisschen Geduld ersetzen. Ersetzen.«

Geduld? Heute? An meinem Geburtstag? Ich habe meine ganze Geduld doch schon gebraucht, bis es so weit war. Ich dachte, am Geburtstag selbst bräuchte man keine Geduld mehr. Mist. Dieses komische Geburtstagskonzept sollte man lieber noch einmal gründlich überdenken, das ist stark verbesserungsbedürftig.

»Muss ich denn noch an irgendwas denken?«, frage ich Aaron. »Ich meine, ich will auf keinen Fall etwas falsch machen, wenn es endlich losgeht.«

»Falsch machen?«, erwidert Aaron. »Was meinst du? Was könntest du denn falsch machen? Machen?«

»Na, was weiß ich?«, sage ich. »Ich mache doch sehr oft etwas falsch, wenn es um die Bräuche hier oben geht. Gerade gestern, zum Beispiel, da hat der Hasenfuß gesagt, ich soll ihm den Buckel runterrutschen. Und als ich

genau das versucht habe, hat er mich zu zwei Wochen Küchendienst verdonnert. Also habe ich offensichtlich etwas falsch gemacht. Und ich will auf keinen Fall etwas falsch machen, wenn es um meinen Geburtstag geht.«

»Mach dir keine Gedanken«, sagt Aaron. »Du kannst nichts falsch machen. Du musst nur um drei Uhr pünktlich da sein, das ist alles. Alles.«

»Okay, das kriege ich hin«, sage ich. »Muss ich vielleicht irgendwas Besonderes anziehen? Manchmal muss man doch etwas Besonderes anziehen hier oben.«

»Was willst du denn Besonderes anziehen?«, erwidert Aaron. »Du hast doch sowieso nur ein Outfit. Outfit.«

»Das stimmt natürlich«, sage ich. »Eine neue Unterhose vielleicht? Zieht man an seinem Geburtstag eine neue Unterhose an?«

»Kommt drauf an«, sagt Aaron. »Wie lang hast du denn deine schon an? Schon an?«

»Erst vier Tage«, antworte ich. »Höchstens sechs.«

»Ja, dann solltest du unbedingt eine neue Unterhose anziehen«, sagt Aaron. »Und zwar unabhängig davon, ob du heute Geburtstag hast oder nicht. Nicht.«

»Gut, mach ich«, sage ich. »Sonst noch was? Muss ich vielleicht was zu essen mitbringen?«

»Nein, musst du nicht«, antwortet Aaron. »Es ist für alles gesorgt. Wir haben jede Menge Knabberzeug und du kriegst sogar eine richtige Geburtstagstorte. Auf die müssen wir wahrscheinlich sehr gut aufpassen, damit Cornibus uns nicht alles wegmampft. Wegmampft.«

»Das heißt, ich darf Cornibus mitbringen?«

»Natürlich darfst du Cornibus mitbringen«, antwortet Aaron. »Wir haben auch extra Schokolade für ihn gekauft. Und wir hoffen übrigens, dass er nicht der einzige Gast aus der Hölle sein wird. Lilly hat euren Vater eingeladen. Ob er wirklich kommt, wissen wir aber nicht. Er hat gesagt, er hätte viel zu tun und dass ihm Geburtstage eigentlich egal wären. Egal wären.«

»Das klingt ganz nach meinem Vater«, sage ich. »Was ist denn mit Auribus? Habt ihr ihn auch eingeladen?«

»Ja klar. Aber ich habe ihn jetzt seit drei Tagen nicht mehr gesehen. Er hat gesagt, er hätte unten noch etwas zu erledigen, wollte aber auf jeden Fall kommen. Kommen.«

»Super, da freu ich mich«, sage ich. »Je mehr Leute, desto …«

»Vitus!«, unterbricht mich der Holzapfel. »Ich kann mich nicht daran erinnern, dir einen Freischein für störendes Schwätzen zum Geburtstag geschenkt zu haben!«

Jaja, schon gut, ich bin ja schon still. Dann schlaf ich eben für den Rest des Unterrichts. Am liebsten würde ich gleich bis kurz vor drei schlafen, aber hier wird man ja zwischendurch immer wieder von der blöden Schulglocke geweckt. Egal, jede Minute, die ich nicht aktiv warten muss, zählt. Gute Nacht!

Kopf abgefackelt

»Zwölfundsechzig.«

»Die Zahl gibt es gar nicht, Cornibus«, erwidere ich.

»Dreihundertsiebzehnundfünzig.«

»Die auch nicht. Jetzt konzentrier dich doch mal. So schwer ist das nicht.«

»Siebenkommadreiundelfzig.«

»Sechs. Drei plus drei ergibt sechs, Cornibus. Ich hätte nicht gedacht, dass dir Kopfrechnen solche Schwierigkeiten macht.«

Genauso wenig hätte ich allerdings gedacht, dass ich überhaupt mal versuchen würde, ihm das beizubringen. Das war ein sehr spontaner Einfall, um mir die Wartezeit bis drei Uhr zu verkürzen. Diesbezüglich funktioniert das auch ziemlich gut, die letzte halbe Stunde verging viel schneller als die Zeit davor.

»Cornibus Dämon«, grummelt es mir entgegen. »Dämon nicht topfrechen.«

»Kopfrechnen, Cornibus. Das heißt kopfrechnen«, sage ich. »Warte, ich habe eine Idee. Vielleicht klappt es ja, wenn wir mit etwas rechnen, das du magst. Wir probieren es mal mit Schokolade. Also, pass auf: Eine Tafel Schokolade besteht aus zwanzig Stücken. Wenn du jeden Tag vier davon isst, wie viele Tage dauert es, bis die Tafel alle ist?«

»Jetzt!«, antwortet Cornibus wie aus der Pistole geschossen.

»Wie, jetzt?«, erwidere ich. »Das ist doch keine Antwort.«

»Schwafel Schlotzolade umdrehen. Dann nur eins Stück. Cornibus essen. Jetzt alle. Wann Cornibus kriegt andere drei Stück Schwafel Schlotzolade?«

»Ha, siehst du!«, sage ich lachend. »Du kannst ja doch rechnen! Auch wenn du die Aufgabe nicht gelöst hast, du weißt genau, dass vier minus eins gleich drei ist!«

»Cornibus richtig gerecht. Cornibus Verlohnung?«

»Ja, du Schlingel, kriegst du. Aber dazu musst du auch noch ein bisschen rechnen.«

Ich ziehe eine Tafel Schokolade aus meiner Nachttischschublade, breche drei Stücke ab und lege sie vor Cornibus aufs Bett.

»So, hier sind drei Stück Schokolade«, sage ich. »Wenn ich jetzt noch drei dazulege, wie viele Stücke hast du dann?«

»Cornibus weiß nicht. Zu schwierig. Muss Schlotzolade sehen.«

Ich breche noch mal drei Stücke ab und lege sie zu den anderen.

»So, wie viele Stücke Schokolade liegen jetzt da?«, will ich wissen.

»Zu wenig«, antwortet Cornibus.

»Okay, dann legen wir noch drei dazu«, sage ich und mache es. »Wie viele sind es jetzt? Drei plus drei plus drei ergibt?«

»Nix!«

»Das ist leider falsch, Cornibus«, sage ich. »Guck noch mal richtig hin, da liegen … Huch! Wo ist denn die Schokolade so plötzlich hinverschwunden?«

Ein Blick auf Cornibus' dick gefüllte Backen beantwortet meine Frage sofort.

»Hey!«, ermahne ich ihn lachend. »Du darfst deine Rechenaufgabe nicht essen, bevor du sie gelöst hast!«

»Cornibus erst essen. Dann Aufgabe gelöst. Topfrechen lustig. Cornibus mehr topfrechen!«

»Ich fürchte, dafür habe ich nicht genug Schokolade«, sage ich lachend.

Ich werfe einen Blick auf die Uhr. Es ist kurz nach halb drei. Okay, das reicht, ich habe keine Lust mehr, länger zu warten.

»Wir gehen jetzt rüber«, sage ich zu Cornibus. »Verwandle dich in etwas Kleines, damit du in meine Tasche passt.«

Cornibus verwandelt sich in einen Hamster und wir verlassen mein Zimmer.

Ein paar Minuten später stehe ich vor Lillys Tür und drücke auf den Klingelknopf. Drinnen erklingen Schritte, die näher kommen.

»Wer ist da?«, höre ich Gustavs Stimme.

»Ich bin's!«, antworte ich.

»Du bist zu früh«, erwidert Gustav.

»Ach, die paar Minuten«, sage ich. »Lass mich rein.«

»Nö«, sagt Gustav. »Wir sind noch nicht so weit. Wir hatten drei Uhr gesagt.«

»Ich weiß. Aber ich will nicht mehr warten. Komm, lass mich doch bitte rein.«

»Keine Chance«, bleibt Gustav hart. »Ich hole dich, wenn wir fertig sind.«

Ich höre, wie sich seine Schritte von der Tür entfernen.

»Halt, warte!«, rufe ich. »Du kannst mich doch nicht einfach hier stehen lassen! LILLY! LASST MICH REIN! ICH HAB DOCH GEBURTSTAG!«

»DAS HAST DU IN FÜNF-

ZEHN MINUTEN AUCH NOCH!«, ertönt Lillys Stimme. »QUENGEL HIER NICHT RUM!«

Hrmpf. Die sind ganz schön gemein. So langsam frage ich mich, ob Geburtstag zu haben wirklich so eine tolle Sache ist. Was machen die denn so lang da drin?

Ich gehe um die Ecke, um einen Blick durchs Fenster zu werfen. In dem Moment, in dem ich mich nach oben strecke, um etwas zu sehen, zieht mir Lilly die Vorhänge vor der Nase zu.

»HIER GIBT ES NICHTS ZU SEHEN!«, ruft sie. »DU VERDIRBST DIR NUR SELBST DIE ÜBERRASCHUNG!«

»NA UND?«, rufe ich zurück. »VIELLEICHT *WILL* ICH MIR JA SELBST DIE ÜBERRASCHUNG VERDERBEN! IST JA SCHLIESSLICH *MEINE* ÜBERRASCHUNG! MIT DER KANN ICH JA WOHL MACHEN, WAS ICH WILL!«

»KANNST DU NICHT!«, erwidert Lilly. »ÜBERRASCHUNGEN GEHÖREN SO LANG DENJENIGEN, DIE SIE PLANEN, BIS SIE GEKLAPPT HABEN! ALSO IST DAS IMMER NOCH *UNSERE* ÜBERRASCHUNG UND *WIR* ENTSCHEIDEN, WANN DU SIE ZU SEHEN KRIEGST!«

Mist, verdammter. Aber so leicht gebe ich nicht auf. Ich entferne mich ein paar Schritte und hole Cornibus aus meiner Tasche.

»Okay, pass auf, Cornibus«, sage ich leise. »Du verwandelst dich jetzt in eine Ameise, krabbelst da rein, guckst dich um, kommst wieder raus und erzählst mir alles, was du drinnen gesehen hast.«

Cornibus schüttelt seinen kleinen Hamsterkopf.

»Cornibus nicht spüronieren für Luzie«, sagt er. »Lilly verboten. Cornibus kein Ärger mit Lilly. Lilly gefährlich.«

Wie jetzt? Cornibus hat Angst vor Lilly? Das wusste ich noch gar nicht. Okay, sie kann auch ziemlich Angst einflößend sein, ich möchte auch keinen Ärger mit ihr. Aber Cornibus hat sonst eigentlich vor nichts Angst, das wundert mich jetzt doch ein bisschen.

»Ach, komm schon«, sage ich. »Nur ein ganz kleines bisschen. Du kriegst auch eine Tafel Schokolade dafür.«

»Schlotzolade gut. Kein Ärger mit Lilly besser.«

»VERSUCHST DU DA DRAUSSEN ETWA, CORNI-

BUS ZUM SPIONIEREN ZU ÜBERREDEN?«, ertönt Lillys Stimme von drinnen. »VERGISS ES! ICH HABE IHM EIN EXTRAGROSSES STÜCK KUCHEN VERSPROCHEN, WENN ER ES NICHT MACHT!«

»Ach, so ist das«, sage ich und gucke Cornibus strafend an. »Du hast also gar keine Angst vor Lilly. Es geht dir nur um den Kuchen.«

»Schlotzolade gut. Kuchen mit Schlotzolade besser.«

»Tja, Pech für dich«, sage ich. »Vielleicht hättest du von mir ja ein noch größeres Stück Kuchen gekriegt. Aber das kannst du jetzt vergessen, selbst dran …«

»WILLST DU DA DRAUSSEN NOCH LÄNGER RUMDISKUTIEREN ODER ENDLICH GEBURTSTAG FEIERN?«, unterbricht mich Lilly. »IHR KÖNNTET JETZT SCHON MAL ZUR TÜR KOMMEN, WIR SIND GLEICH SO WEIT!«

»ALLES KLAR, BIN SCHON DA!«, rufe ich und gehe schnell zurück zur Tür.

Endlich, endlich ist es so weit! Gleich fängt mein Geburtstag richtig an! Ich bin so gespannt, was mich drinnen alles erwartet!

»MACH DIE AUGEN ZU!«, ruft Lilly durch die geschlossene Tür.

Wie bitte? Was soll das denn jetzt? Wieso soll ich denn die Augen zumachen? Das ergibt doch überhaupt keinen Sinn.

»Nö!«, erwidere ich. »Dann sehe ich doch die Überraschung nicht!«

Ich höre ein Kichern von drinnen.

»DAS GEHÖRT DAZU!«, ruft Lilly. »MACH ES EINFACH!«

Es gehört zu einer Geburtstagsüberraschung, dass man sie nicht sieht? Kapier ich nicht. Aber okay, wahrscheinlich ist das wieder so ein komischer Brauch hier oben. Ich schließe meine Augen.

»SIND ZU!«, rufe ich.

Ich höre, wie sich die Tür öffnet.

»Jetzt kannst du die Augen wieder aufmachen«, höre ich Lillys Stimme.

Ich öffne die Augen und sehe Aaron, Gustav, Lilly und Herrn Rosenberg vor mir stehen. Sie tragen kleine spitze Hüte in unterschiedlichen Farben und haben Tröten im Mund, mit denen sie lustige Geräusche machen.

»TA-DAAAA!«, rufen sie mir zwei Sekunden später im Chor entgegen. »ALLES GUTE ZUM GEBURTSTAG, LIEBER LUZIE!«

Jetzt bewerfen sie mich mit winzigen bunten Papierschnipseln, die teilweise an mir hängen bleiben oder auf den Boden fallen – offenbar darf man an Geburtstagen ungestraft Dreck machen, das gefällt mir.

Aaron tritt auf mich zu und umarmt mich kräftig.

»Herzlichen Glückwunsch zu deinem ersten Geburtstag! Geburtstag!«, sagt er.

»Ja, alles Gute, mein Bester!«, sagt Gustav und umarmt mich ebenfalls.

»Auch wenn ich mich immer noch nicht richtig dran gewöhnen kann, plötzlich einen Neffen zu haben: Ich wünsche dir alles Gute zum Geburtstag, Luzie«, sagt Herr Rosenberg und klopft mir auf die Schulter. »Vor allem wünsche ich dir, dass das kommende Jahr etwas ruhiger und weniger … höllisch wird.«

»Das wünschst du vor allem *dir*, Onkel Wolfram, damit du dir nicht so viele Sorgen um mich machen musst«, sagt Lilly lachend. »Aber ich hätte auch nichts gegen ein bisschen weniger Aufregung. Oder wie siehst du das, Bruderherz? Komm, lass dich drücken, du teuflisches Geburtstagskind!«

Sie breitet ihre Arme aus und kommt auf mich zu.

Als sich ihre Arme um mich schließen und wir uns berühren, entstehen lauter blaue Blitze um uns herum, die Luft knistert deutlich hörbar. Und plötzlich schießt ein stechender Schmerz in meinen Kopf.

»AU, VERDAMMT!«, rufen wir beide gleichzeitig und lassen uns schnell wieder los.

»Was ist denn?«, fragt Herr Rosenberg besorgt. »Geht es euch gut?«

»Ja … Nein … Ich bin mir nicht sicher«, antwortet

Lilly und reibt sich mit beiden Händen die Schläfen. »Das war nur ganz kurz ein fieser stechender Schmerz hinter der Stirn.«

»Ja, bei mir auch«, sage ich. »So was hatte ich noch nie.«

»Aber jetzt ist er wieder weg?«, fragt Gustav.

Wir nicken beide.

»Vielleicht hat das ja etwas mit eurem Geburtstag zu tun?«, mutmaßt Aaron. »Eine Art höllische Zwillingsreaktion? Zwillingsreaktion?«

»Keine Ahnung«, sagt Lilly. »Aber wir sollten uns vorsichtshalber für den Rest des Tages besser nicht mehr berühren.«

»Gute Idee«, stimme ich ihr zu. »Das brauche ich echt nicht noch mal.«

»Ich kenne zufällig ein sehr gutes altes Hausmittel gegen Kopfschmerzen«, sagt Herr Rosenberg. »Es heißt Geburtstagskuchen. Kommt, lasst uns reingehen.«

Wir gehen in die Wohnung. Auf dem Weg ins Wohnzimmer hängen überall bunte Luftballons und Luftschlangen.

Luftschlangen gibt es bei uns unten auch, in Abteilung 88 bei den Egomanischen Adrenalinjunkies. Die kriegen Luftschlangen anstatt Bungee-Seilen und müssen sich damit den ganzen Tag lang in die tiefste Höllenschlucht stürzen.

»Habt ihr das alles gemacht?«, frage ich. »Das sieht total schön aus.«

»Ja«, sagt Gustav. »Deshalb durftest du ja noch nicht früher rein, wir waren noch nicht mit Schmücken fertig.«

»Genau«, sagt Aaron. »Und dein Geschenk mussten wir auch noch einpacken. Einpacken.«

»Dann kriege ich es jetzt also endlich?«, frage ich aufgeregt. »Da habe ich mich schon den ganzen Tag drauf gefreut! Was ist es denn?«

»Wenn wir dir das jetzt verraten würden, hätten wir uns das Einpacken auch sparen können«, sagt Lilly grinsend. »Du musst dich schon noch einen Moment gedulden.«

Wir betreten das Wohnzimmer. Hier ist auch alles toll geschmückt und auf dem Esstisch steht neben einer Schokoladentorte ein großes, in goldenes Papier gewickeltes Geschenk.

»Moment«, sagt Lilly und drückt auf ihrem Handy herum.

Im nächsten Moment ertönt Musik aus einem kleinen Lautsprecher. Das Lied ist auf Englisch, da wird was

Ähnliches gesungen wie heute Morgen im Unterricht, ich verstehe es aber immer noch nicht.

Ich gehe auf das Geschenk zu.

»Darf ich?«, frage ich.

»Noch nicht«, sagt Lilly. »Erst musst du die Kerzen auf der Torte auspusten und dir was wünschen.«

»Aber du darfst den Wunsch nicht laut aussprechen«, erklärt Gustav. »Sonst geht er nicht in Erfüllung.«

Oh, das wusste ich auch noch nicht, dass man an seinem Geburtstag sogar einen Extrawunsch erfüllt bekommt, das ist super. Aber was soll ich mir bloß wünschen? Ah, ich weiß es!

Ich stelle mich vor die Torte, puste so lang kräftig, bis alle Kerzen ausgegangen sind, und wünsche mir still, dass ich jetzt endlich mein Geschenk auspacken darf.

Die anderen klatschen und jubeln.

»Sehr gut!«, sagt Lilly. »Ich hoffe, dass dein Wunsch in Erfüllung geht. Und jetzt darfst du dein Geschenk auspacken.«

Ich grinse breit – das hat ja perfekt geklappt mit dem Wunsch.

»Ich habe noch nie ein Geschenk ausgepackt«, sage ich und trete an den Tisch heran. »Muss ich da auf irgendwas achten?«

»Nö«, sagt Lilly. »Öffne die große Schleife und reiß einfach das Papier herunter. So habe ich das heute Morgen mit Onkel Wolframs Geschenk auch gemacht. Ich habe übrigens neue Boxhandschuhe gekriegt. Und einen Box-Kurs im Sportverein, da freue ich mich jetzt schon drauf.«

»Super«, sage ich. »Dann bin ich mal gespannt, was ich kriege.«

Ich ziehe an der Schleife, sie öffnet sich und das Band fällt hinunter. Gerade als ich damit anfange das Papier abzureißen, fliegt die Wohnzimmertür auf und schlägt mit lautem Gepolter an die Wand. Wir zucken alle erschrocken zusammen. In der Tür steht Auribus. Er sieht sehr mitgenommen aus, atmet schwer und muss sich mit einer Hand am Türrahmen abstützen. Er ist übersät mit blutigen Kratzern und Wunden, von seinem Kopf steigt eine kleine Rauchschwade auf.

»Auribus!«, ruft Lilly und stürzt auf ihn zu. »Du siehst ja schlimm aus! Was ist denn passiert?«

»Hölle … Angriff … Kampf …«, keucht Auribus völlig außer Atem als Antwort.

»Was?«, sagt Lilly entsetzt. »Die Hölle wurde angegriffen? Von wem denn?«

»Azrael … Er ist … wieder da …«, keucht Auribus.

Azrael? Unser irrer Onkel Azrael? Der Azrael, der letztes Jahr schon einmal versucht hat, die Hölle zu übernehmen, und gescheitert ist, weil wir ihn überlistet haben? Das kann nicht sein.

»Azrael?«, hake ich deshalb nach. »Der zählt doch Sandkörner in der Sahara.«

Zumindest war das die Strafe, die ihm Opa verpasst hat.

»Jetzt … nicht mehr«, sagt Auribus. »Er ist … offenbar entkommen.«

»Bist du dir wirklich sicher, dass es Azrael ist?«, frage ich, weil ich es kaum glauben kann.

»Abso…lut«, keucht Auribus. »Ich habe ihn … mit eigenen Augen … gesehen. … Er hat höchstpersönlich … fast meinen Kopf … abgefackelt.«

»Jetzt setz dich doch erst mal«, sagt Lilly besorgt. »Du kannst dich ja kaum noch auf den Beinen halten.«

»Keine … Zeit …«, keucht Auribus. »Wir müssen … sofort runter.«

»Runter?«, frage ich. »Das klingt jetzt gerade nicht danach, als wäre es eine gute Idee, runterzugehen. Und wen genau meinst du mit *wir*?«

»Euch … alle … vier«, antwortet Auribus. »Ihr seid die Einzigen … die ihn besiegen können. Das habt ihr ja … schon mal geschafft.«

»Moment mal, immer langsam«, sagt Herr Rosenberg. »Ihr geht nirgendwo hin. Das ist viel zu gefährlich. Euer Vater wird das schon regeln.«

»Wird er … leider nicht«, ächzt Auribus. »Azrael hat ihn bereits überwältigt … Und Gabriel und Steven auch … Er hält sie gefangen. Ich fürchte, er wird sie nicht mehr lang … am Leben lassen.«

»Okay, dann los!«, sagt Lilly entschlossen. »Das bedeutet, jede Minute zählt. Wir gehen.«

Wie, wir gehen? Jetzt?

»Äh … aber ich habe doch Geburtstag«, sage ich.

»Darauf scheint Azrael keine Rücksicht zu nehmen«, erwidert Lilly. »Tut mir echt leid, Bruderherz, aber das ist ja wohl wichtiger als dein Geburtstag.«

Na ja, ich dachte eigentlich, mein Geburtstag sei schon sehr wichtig. Und Papa hat bereits jede Menge Angriffe auf die Hölle überstanden. So leicht ist er nicht unterzukriegen, da ist bis jetzt jeder gescheitert. Es könnte also sehr gut sein, dass sich das alles schon wieder erledigt hat, wenn wir unten ankommen. Und dann hätten wir meinen Geburtstag ganz umsonst ausfallen lassen, das wäre doch sehr ärgerlich.

»Wir könnten doch gleich morgen früh runtergehen«, schlage ich vor. »Papa bringt so schnell nichts um, er ist schließlich unsterblich. Vielleicht hat es sich bis dahin sogar erledigt, dann können wir uns den Weg sparen.«

»Du glaubst doch wohl selbst nicht, dass ich hier oben fröhlich Geburtstag feiere, während unser Vater da unten in Gefahr ist«, erwidert Lilly. »Wir gehen runter. Jetzt.«

Okay, ich merke deutlich an Lillys Tonfall, dass da nichts zu machen ist. Sie will runter, also gehen wir runter.

»Na gut«, sage ich seufzend. »Kann ich denn wenigstens vorher noch schnell mein Geschenk auspacken?«

»Nein, kannst du nicht«, sagt Lilly. »Du hast es doch

gehört: Jede Minute zählt. Und dein Geschenk kannst du immer noch auspacken, wenn wir zurück sind.«

»Also, ich halte das für keine gute Idee. Luzie hat recht. Ihr solltet erst mal hierbleiben und abwarten, bevor ihr euch unnötig in Gefahr begebt«, sagt Herr Rosenberg und wendet sich an Aaron und Gustav. »Oder wie seht ihr das, Jungs? Euch hat ja noch gar niemand gefragt.«

»Also, ich würde mitkommen«, sagt Aaron. »Wenn es darum geht, jemandem zu helfen, bin ich immer gern dabei. Dabei.«

»Na ja«, sagt Gustav und kratzt sich am Hinterkopf. »Grundsätzlich würde ich auch lieber Geburtstag feiern, als in die Hölle zu gehen und einen Irren zu bekämpfen. Aber wenn alle gehen, komme ich natürlich mit.«

»Gut, dann ist ja alles klar«, sagt Lilly. »Lasst uns keine Zeit mehr verlieren, wir brechen auf.«

»Dann komme ich aber mit!«, sagt Herr Rosenberg. »Ich lasse euch auf keinen Fall allein da runtergehen!«

»Es ist wirklich sehr lieb von dir, dass du mitkommen willst, Onkel Wolfram«, sagt Lilly. »Aber du kennst dich da unten überhaupt nicht aus und ich würde mir ständig Sorgen um dich machen. Es wäre besser, wenn du hierbleibst.«

»Auf keinen Fall!«, erwidert Herr Rosenberg. »Wenn ich diesmal schon weiß, dass ihr da runtergeht, komme ich ...«

»Wir können Sie sowieso nicht mitnehmen«, unterbricht ihn Auribus, der sich ein bisschen erholt hat. »Ich habe Stevens Ei-Boot genommen, um hierherzukommen. Und das ist auch die schnellste Möglichkeit für den Weg nach unten. Wir haben aber nicht genug Platz für sechs Personen, das wird so schon sehr eng.«

»Glaub mir, es ist besser so«, sagt Lilly. »Ich verspreche dir, dass wir gut auf uns aufpassen. Du musst dir wirklich keine Sorgen machen. Luzie und ich sind zusammen unschlagbar.«

»Keine Sorgen machen?«, seufzt Herr Rosenberg. »Das sagst du so leicht. Seit ich weiß, dass du die Tochter des Teufels bist, mache ich mir rund um die Uhr Sorgen. Und wenn du da unten gegen irgendwelche verrückten Verwandten kämpfst, werden die Sorgen nicht gerade kleiner.«

»Ich weiß«, sagt Lilly. »Und das tut mir auch sehr leid und ich wünschte, ich könnte etwas dagegen tun. Aber wir müssen jetzt echt los.«

Sie umarmt ihn kurz, drückt ihm einen Kuss auf die Wange und wendet sich an uns.

»Seid ihr bereit?«, fragt sie.

Nicht wirklich. Ich war den ganzen Tag lang bereit für meinen Geburtstag. Aber den kann ich ja wohl jetzt vergessen.

»Wenn's sein muss«, sage ich brummelnd. »Von mir aus kann's losgehen.«

»Augenklick!«, sagt Cornibus. »Cornibus Popoviant mitnehmen! Schlotzolade-Torte! Wichtig!«

»Das heißt Proviant«, verbessere ich ihn. »Du kannst die Torte nicht mitnehmen, Cornibus. Sie würde schmelzen, bevor wir ankommen. Du weißt doch ganz genau, dass es unten keine Schokolade gibt, weil es zu heiß ist.«

»Cornibus vergessen. Aber kein Problem.«

Er verwandelt sich in einen übergroßen Pelikan, stopft sich die komplette Torte in den Schnabel und fliegt an uns vorbei aus dem Wohnzimmer.

Na super. Jetzt muss ich mich auch noch von meiner Torte verabschieden, ohne wenigstens ein Stück davon probiert zu haben. Jede Wette, das ist der wahrscheinlich mieseste Geburtstag, den jemals jemand nicht feiern konnte.

Miefvergiftung

»Aua, das war mein Kopf!«, beschwert sich Gustav.

»Verzeihung«, sagt Aaron. »In sehr engen Räumen fängt mein Ellenbogen immer an zu zucken. Zucken.«

Ah, das muss auch einer von Aarons Ticks sein. Und es ist sehr verständlich, wenn er in unserer Situation ausgelöst wird – in einem engeren Raum war ich noch nie. Lilly und ich sind zwar schon mal mit Stevens Ei-Boot gefahren, aber da waren wir nur zu dritt, und das war schon ziemlich eng. Wenn Auribus kein Formwandler wäre und sich nicht um das Fünffache verkleinert hätte, hätten wir nie alle reingepasst.

»Du hast wenigstens nicht die ganze Zeit Luzies Hintern im Gesicht«, meckert Lilly. »Ich schwöre dir, wenn du jetzt pupst, bringe ich dich um.«

»Ich auch!«, sagt Gustav. »Ich bringe *jeden* um, der jetzt pupst!«

»Wie lange dauert das denn noch, Auribus?«, will ich wissen. »Müssten wir nicht längst da sein?«

»Tut mir leid«, sagt Auribus. »Ich musste zweimal

einen Umweg fahren, damit Azraels Leute uns nicht bemerken. Aber jetzt habe ich, glaube ich, einen geeigneten Platz für unsere Ankunft gefunden, wo wir nicht von einer Horde aufmüpfiger Dämonen empfangen werden. Es dauert nicht mehr lang, haltet durch!«

Dieses *nicht mehr lang* zieht sich noch eine ganze Weile hin, aber schließlich brechen wir durch eine Wand in eine große Höhle. Das Ei-Boot fährt seine Beine aus und federt bei der Landung ein paarmal auf und ab, bis wir stillstehen.

»Uff! Endlich!«, stöhnt Lilly. »Mach bitte schnell die Luke auf, ich muss hier raus!«

»Moment noch«, sagt Auribus. »Lasst mich erst mal gucken, ob da draußen die Luft rein ist.«

»Beeil dich!«, sagt Gustav. »Hier drinnen ist sie es definitiv nicht!«

Auribus zwängt sich an uns vorbei und öffnet die Luke. Er steigt die ausfahrbare Leiter hinunter, läuft ein paar Schritte und sieht sich argwöhnisch um.

»Können wir jetzt endlich raus?«, ruft Lilly ihm ungeduldig zu.

»Augenblick noch«, antwortet Auribus. »Ich glaube, ich höre et…«

In diesem Moment stürzen plötzlich von allen Seiten Dämonen mit wildem Kampfgeschrei auf ihn zu. Zwei von ihnen werfen ein großes Netz über Auribus. Er

wehrt sich mit allen Kräften gegen seine Angreifer, hat aber absolut keine Chance gegen diese Übermacht, weil er gerade so klein ist.

»Oh nein!«, sagt Lilly entsetzt. »Auribus! Wir müssen ihm helfen!«

Ja, das müssten wir eigentlich. Aber wie?

»Sie sind eindeutig in der Überzahl«, sagt Gustav

ängstlich. »Die machen uns platt, wenn wir jetzt da rausgehen.«

»Da kann ich nur zustimmen«, sagt Aaron. »Rein rechnerisch und in Bezug auf unsere vergleichsweise limitierte Kampfkraft wäre eine Niederlage zu 99,9 Prozent sicher. Die 0,1 Restprozent gelten für den unwahrscheinlichen Fall, dass sich die Köpfe unserer Gegner spontan selbst entzünden und explodieren. Explodieren.«

»Das kann hier unten schon mal passieren«, sage ich. »Aber damit rechnen würde ich nicht.«

»Aber irgendwas müssen wir doch machen!«, sagt Lilly.

Auribus' Widerstand ist mittlerweile gebrochen, er versucht sich noch nicht einmal mehr zu wehren. Drei Dämonen drücken ihn zu Boden, während ein anderer seine Hände auf den Rücken fesselt.

»Ich kann da nicht länger zugucken, ich geh da jetzt raus!«, sagt Lilly und quetscht sich an mir vorbei. »AURIBUS! HALT DURCH! ICH KOMME!«

Alle Dämonenköpfe drehen sich plötzlich ruckartig in unsere Richtung.

»Super Idee, Lilly«, stöhne ich. »Jetzt wissen sie ganz genau, dass es hier noch ein paar Leute gibt, die man angreifen und fesseln kann.«

Diejenigen Dämonen, die draußen nicht mit Auribus

beschäftigt sind, kommen langsam auf uns zu – und das sind nicht wenige, ich zähle mindestens zwanzig.

»VERSCHWINDET!«, ruft Auribus uns zu. »KÜMMERT EUCH NICHT UM MICH! IHR MÜSST ABHAUEN!«

Abhauen? Leichter gesagt als getan. Die Meute rückt immer näher, wir sind bereits komplett umzingelt, an denen kommen wir nie und nimmer vorbei.

»DER KNOPF MIT DEM APFEL DRAUF!«, ruft Auribus. »DAS IST DER STARTKNOPF! LOS, MACHT SCHON! BEEILT EUCH!«

»Er hat recht!«, sagt Gustav. »Das Boot ist unsere einzige Chance! Kann irgendjemand dieses Ding fahren?«

»Also ich nicht«, sage ich. »Ich bin noch nie mit irgendwas selbst gefahren, das würde sicher in einer Katastrophe enden. Da sind unsere Überlebenschancen größer, wenn wir uns von denen schnappen lassen.«

»Ich habe leider auch nicht die geringste Ahnung«, sagt Lilly. »Da sind mir zu viele Knöpfe, ich habe mich nie für Technik interessiert.«

»Lasst mich mal da ran«, sagt Aaron und klettert über uns nach vorne. »So schwer kann das nicht sein. Nicht sein.«

Die Meute draußen rückt immer näher.

»Vielleicht sollte mal jemand die Luke schließen?«, schlägt Gustav vor. »Ich komme nicht dran.«

Ich strecke mich und ziehe an dem Hebel, der die Luke schließt. Gerade noch rechtzeitig, der erste Dämon hatte schon fast einen seiner drei Füße auf der Leiter.

»Okay, dann wollen wir mal«, sagt Aaron. »Der Knopf mit dem Apfel ist also der Anlasser. Anlasser.«

Aaron drückt den Knopf, das Ei-Boot fängt an zu vibrieren und gibt laut polternde Geräusche von sich.

»Bist du dir sicher, dass du alles richtig machst?«, frage ich in Richtung Aaron. »Dieses Gepolter gab es vorher nicht.«

»Das ist nicht das Boot«, stellt Gustav mit einem Blick aus dem Fenster fest. »Das sind die Dämonen. Sie versuchen, uns umzukippen. Mach was, Aaron!«

»Bin schon dabei!«, antwortet Aaron. »Das hier müsste der Steuerknüppel sein und dies hier das Antriebspedal.

Ich versuche es jetzt mal. Alles gut festhalten! Festhalten!«

Das Ei-Boot vollführt einen ruckartigen Satz nach oben und landet ein paar Meter weiter wieder holprig auf dem Boden. Wir werden kräftig durchgeschüttelt.

»Verzeihung!«, sagt Aaron. »Aber ich glaube, jetzt weiß ich, was ich machen muss! Machen muss!«

Erneut hebt sich das Ei-Boot in die Höhe. Es schlingert ein paarmal gefährlich hin und her und kracht dabei fast an die Decke der Höhle.

»So langsam kriege ich es in den Griff! Griff!«, sagt Aaron.

»Langsam reicht nicht!«, erwidert Gustav. »Schnell wäre besser!«

»Jaja, ich beeile mich ja schon!«, sagt Aaron. »Ich muss nur noch herausfinden, wie sich die Bohrfunktion starten lässt. Ah, hier ist ein Knopf mit einem Bohrer-Symbol drauf! Das müsste der richtige sein! Richtige sein!«

Aaron drückt den Knopf, der große Bohrer vorne am Bug beginnt zu rotieren und dreht sich immer schneller.

»Alles klar!«, ruft Aaron. »Es kann losgehen! Losgehen!«

Aaron steuert das Ei-Boot langsam vorwärts. Als es an der Wand ankommt, fräst sich der Bohrer langsam ins Gestein und es geht voran. Bevor wir vollständig im

Fels verschwinden, werfe ich noch einen Blick aus dem Fenster. Der arme Auribus. Er liegt umzingelt von Dämonen gefesselt auf dem Boden. Was sie jetzt wohl mit ihm machen? Hoffentlich passiert ihm nichts Schlimmes. Huch, wieso ist es denn auf einmal so finster?

»Hey, wer hat das Licht ausgemacht?«, fragt Lilly.

»Ich nicht«, sagt Aaron. »Das könnte eine Art Energiesparmodus sein. Wenn ich diese Anzeige hier richtig interpretiere, geht uns bald der Strom aus. Strom aus.«

»Oh nein!«, ruft Gustav entsetzt. »Was, wenn wir hier mitten im Felsen stecken bleiben? Dann kommen wir doch nie wieder raus!«

»Genau das versuche ich gerade zu verhindern«, sagt Aaron. »Hier ist eine Art Navi, aber ich verstehe die Funktionsweise noch nicht so ganz. Ich glaube, die blauen Flächen sind Höhlen. Ich versuche mal, die nächstgelegene anzusteuern. Die Entfernungen kann ich leider überhaupt nicht einschätzen. Es sieht aber so aus, als wäre sie ein ganzes Stück weit weg. Drückt mal alle die Daumen, dass unsere Energie bis dahin reicht. Dahin reicht.«

»Cornibus keine Daumen«, ertönt Cornibus' Stimme. »Nur, wenn Affe. Cornibus verwandeln in Gorilla?«

»BLOSS NICHT!«, sagt Lilly. »Wenn es hier noch enger wird, sterben wir alle an Miefvergiftung!«

»Kleiner Gorilla?«

»Kein kleiner Gorilla!«, erwidert Lilly bestimmt. »Noch nicht mal ein Totenkopfäffchen! Du bleibst so, wie du bist! Hast du das verstanden?«

Cornibus antwortet ihr mit einem deutlich hörbaren Grummeln.

Wir fahren weiter angespannt durch die Dunkelheit. Niemand sagt etwas, nur das dröhnende Geräusch des Bohrers ist zu hören. Es geht mal hoch, mal runter, nach links und nach rechts, ich habe nicht die geringste Ahnung, in welchem Teil der Hölle wir rauskommen werden – *falls* wir denn rauskommen.

»Der Bohrer wird langsamer, oder?«, bricht Gustav irgendwann die Stille. »Wird der Bohrer langsamer? Ich glaube, er wird langsamer! Wir bleiben gleich stecken! Ich will hier nicht stecken bleiben!«

»Wir müssten gleich da sein«, sagt Aaron. »Die Höhle ist auf dem Navi ganz nah. Ganz naAAAAAAAHHH!«

Es geht rasant bergab, der Bohrer greift ins Leere, wir befinden uns plötzlich im freien Fall.

»ICH HAB'S MIR ANDERS ÜBERLEGT!«, schreit Gustav. »ICH WILL DOCH LIEBER STECKEN BLEIBEEEEEN!«

»FESTHALTEN«, ruft Aaron. »ICH FINDE DEN KNOPF FÜR DIE LANDEVORRICHTUNG NICHT! DAS KÖNNTE EINE SEHR HARTE LANDUNG WERDEN! LANDUNG WERDEN!«

Die Scheinwerfer vorne am Bohrer funktionieren noch, und so können wir sehen, wie wir unaufhaltsam auf den Boden zurasen. Kurz vor dem scheinbar unvermeidlichen Aufprall schwenkt das Ei-Boot plötzlich in die Waagerechte. Unter uns erklingt ein mechanisches Surren, das ich schon mal gehört habe – das müssten die Landungsfüße sein, die sich ausklappen. Das Ei-Boot erreicht den Boden, die Füße federn den Aufprall ab, es schnellt wieder in die Höhe, hüpft noch ein paarmal auf und ab und bleibt schließlich leicht schwankend stehen.

»Puh, das war knapp«, sagt Aaron. »Steven hat offenbar ein Notfall-Landesystem eingebaut, sonst wären wir jetzt alle Matsch. Matsch.«

»Luke auf!«, sagt Lilly. »Wenn ich hier nicht sofort rauskomme, raste ich aus!«

Ich greife nach dem Hebel und öffne die Luke. Lilly krabbelt hektisch über mich nach draußen, kurz darauf haben wir alle das Ei-Boot verlassen.

Wir schütteln und strecken uns erst mal ausgiebig, dann blicken wir uns um. Wir stehen in einer riesigen Höhle, die Decke ist so hoch, dass wir sie im spärlichen Licht der Scheinwerfer nur erahnen können.

»Und jetzt?«, fragt Gustav schließlich. »Weiß irgendjemand, wo wir hier sind? Luzie? Du bist doch hier unten aufgewachsen. Kommt dir diese Höhle irgendwie bekannt vor?«

»Nein«, sage ich und schüttle den Kopf. »Die Hölle ist riesig, hier war ich noch nie.«

»Wir müssen auf jeden Fall zu Fuß weiter«, sagt Aaron. »Das Ei-Boot hat wahrscheinlich gerade noch genug Energie, um die Scheinwerfer am Laufen zu halten. Halten.«

»Aber wo müssen wir lang?«, fragt Gustav. »Ich habe hier unten überhaupt keine Orientierung.«

»Ich auch nicht«, sage ich. »Vom Gefühl her würde ich sagen, wir müssen nach oben.«

»Oben Luzie Papa«, sagt Cornibus. »Cornibus riechen kann.«

»Du kannst unseren Vater riechen? Aber das ist ja fantastisch!«, sagt Lilly. »Genau da müssen wir hin! Kannst du uns auch den Weg zeigen?«

»Cornibus Weg zeigen. Kein Problem. Cornibus verfolgen.«

Cornibus verwandelt sich in eine Katze und läuft auf die linke Seite der Höhle zu. Wir folgen ihm in einen schmalen Gang, der vorher gar nicht zu sehen war.

Kurz nachdem wir in dem Gang um die erste Ecke gebogen sind, sieht man die eigene Hand vor Augen nicht mehr.

»Verdammt!«, ertönt kurz darauf Lillys Stimme.

»Was ist passiert?«, fragt Gustav.

»Ich habe mir irgendwo den Kopf angestoßen!«,

stöhnt Lilly als Antwort. »Es ist so finster hier! Wenn das so weitergeht, kommen wir alle mit verbeulten Köpfen oben an.«

»Cornibus, Glühwürmchen!«, sage ich.

Ein grün schimmerndes Licht erscheint vor uns auf dem Boden und erhebt sich leise summend in die Luft.

»Cornibus Blühwürmchen.«

»Perfekt, Cornibus«, sage ich. »Du bist der Beste!«

»Cornibus der Knallerbeste!«, antwortet er und vollführt ein paar schwungvolle Loopings und Schleifen in der Luft.

Wir folgen ihm weiter den Gang entlang.

Bauchwolke

»Ich kann nicht mehr«, stöhnt Gustav. »Meine Oberschenkel fangen gleich an zu brennen. Und das liegt nicht an der Hitze.«

»Nein, das liegt an der anhaltenden Steigung und der daraus entstandenen Überbelastung«, sagt Aaron. »Deine Beine sind das nicht gewohnt, was zu einer Übersäuerung der Muskeln führt. Mir geht es ähnlich. Ähnlich.«

»Echt?«, wundert sich Lilly. »Ich merke gar nichts.«

»Das liegt daran, dass wir in der Hölle sind«, erkläre ich. »Wir zwei sind hier unten unverwundbar, also tut dir auch nichts weh.«

»Ach so, stimmt ja«, sagt Lilly. »Das hatte ich vergessen, ich war ja noch nicht so oft hier unten. Aber als Azrael uns beim letzten Mal mit seinen schwarzen Blitzen beschossen hat, tat das schon sauweh.«

»Ja, dämonische Kräfte können uns schon Schmerzen zufügen«, erkläre ich. »Aber so was wie Muskelkater oder Seitenstechen kriegen wir nicht. Oder Schnittwunden zum Beispiel, die machen uns auch nichts aus.

Ich habe mich mal aus Versehen bei den Notorischen Nichtsabgebern in Abteilung 60 auf eine Kreissäge gesetzt. Die stehen da überall rum, weil die immer ganz tolle Sachen kriegen, die sie dann zersägen und sich gegenseitig abgeben müssen. Da hab ich manchmal gerne zugeguckt, weil die sich immer so schön ärgern. Und als ich dann einmal aufgestanden bin, war mein linkes Bein plötzlich ab. Am nächsten Tag war es aber wieder dran, so was wächst bei uns ganz einfach nach.«

»Also, ich hätte im Moment nichts dagegen, wenn meine Beine abfallen, dann würden sie nicht mehr so wehtun«, ächzt Gustav. »Können wir wenigstens mal eine kurze Pause machen? Ich muss mich unbedingt setzen.«

»Cornibus auch Pause«, sagt Cornibus. »Blühwürmchenhintern müde. Licht machen dranstrengend.«

»Das heißt anstrengend«, verbessere ich ihn. »Aber eine Pause kann sicher nicht schaden.«

Wir setzen uns alle nebeneinander mit dem Rücken an die Felswand. Als Cornibus sich zurückverwandelt, wird es wieder dunkel.

»Tut mir leid, dass dein erster Geburtstag so blöd läuft«, sagt Lilly leise. »Das hatten wir uns anders vorgestellt.«

»Ja, ich mir auch«, sage ich seufzend. »Aber dafür könnt ihr ja nichts.«

»Wir holen das auf jeden Fall nach, wenn wir wieder oben sind«, sagt Lilly.

»Vorausgesetzt, wir kommen jemals wieder zurück nach oben«, sagt Gustav. »Da bin ich mir gerade nicht besonders sicher.«

»Ich kann die Wahrscheinlichkeit für unsere Rückkehr leider nicht akkurat berechnen«, sagt Aaron. »Es gibt zu viele unbekannte Faktoren hier unten, die ein verlässliches Ergebnis unmöglich machen. Wenn ich schätzen müsste, würde ich sagen, unsere Chancen stehen ungefähr bei 27 Prozent. Prozent.«

»Wir werden ganz sicher wieder zurückkommen«, sagt Lilly bestimmt. »Wir werden unseren Vater befreien und Azrael besiegen und dann oben unseren Geburtstag feiern.«

»Na hoffentlich«, sage ich. »Aber falls das nicht klappt, solltet ihr mir vielleicht jetzt noch schnell unbedingt verraten, was mein Geschenk gewesen wäre.«

»Netter Versuch«, sagt Lilly grinsend. »Deine Chancen dafür kann ich dir sogar selbst und ganz korrekt ausrechnen. Sie liegen bei null Komma null Prozent.«

Mist. Aber es hätte ja klappen … Moment mal. Wieso konnte ich sehen, dass Lilly gerade gegrinst hat? Cornibus hat sich noch nicht wieder in ein Glühwürmchen verwandelt, er sitzt in seiner ursprünglichen Form direkt vor meinen Füßen. Und das kann ich *auch* sehen.

»Seltsam«, sage ich verwundert. »Es ist gar nicht mehr so stockfinster wie vorhin.«

»Stimmt«, sagt Lilly. »Jetzt, wo du's sagst, fällt's mir auch auf.«

»Das Licht kommt von dort hinten«, sagt Gustav und zeigt den Gang entlang. »Vielleicht sind wir ja endlich da?«

»Könnte sein«, sage ich. »Am besten, wir gucken mal nach.«

»Aber vorsichtig!«, warnt uns Lilly flüsternd. »Und ganz leise! Wir wissen nicht, wer oder was uns dort erwartet!«

Wir stehen auf und schleichen ganz langsam hinter Lilly her in Richtung des Lichts. Irgendwann gibt sie uns ein Zeichen, dass wir stehen bleiben sollen. Sie späht um eine Ecke und winkt uns dann zu sich. Wir strecken uns ebenfalls um die Ecke und sehen eine kleinere Höhle, in deren Mitte ein Lagerfeuer brennt. Sonst ist nichts und niemand zu sehen.

»Ein Lagerfeuer in der Hölle?«, wundert sich Gustav. »Als ob es hier nicht schon heiß genug wäre.«

»Die entscheidenden Fragen sind: Wer hat das Feuer gemacht und wo ist er jetzt?«, sagt Lilly. »Und: Ist er ein Freund oder ein Feind?«

»Und wie finden wir das raus?«, will ich wissen. »Einfach hier warten, bis er auftaucht?«

»Ja«, sagt Lilly. »Das ist wahrscheinlich am sichers… Cornibus! Nicht! Bleib hier!«

Cornibus hat sich von uns gelöst und trippelt gemütlich wackelnd auf das Feuer zu.

»Komm sofort zurück, Cornibus!«, zischt Lilly ihm zu. »Das ist viel zu gefährlich!«

»Nicht gefährlich«, sagt Cornibus und trippelt weiter. »Nur Feuer. Cornibus mag Feuer. Feuer gut riechen.«

Er bleibt direkt vor dem Feuer stehen.

»Mist, was machen wir denn jetzt?«, fragt Lilly ärgerlich. »Dieser verdammte kleine Dickkopf!«

»Ach, das ist doch halb so wild«, sage ich und gehe Cornibus hinterher. »Ich denke nicht, dass von diesem kleinen Feuer eine Gefahr ausgeht.«

»Von dem Feuer nicht!«, zischt Lilly und kommt mir hinterher. »Aber von dem, der es gemacht hat, vielleicht!«

»Wahrscheinlich hat es überhaupt niemand gemacht«, erwidere ich. »Wir sind in der Hölle, Lilly. Hier entstehen ständig irgendwelche Feuer, das gehört dazu.«

Aaron und Gustav folgen uns und kurz darauf stehen wir alle hinter Cornibus vor den sanft züngelnden Flammen.

»Schön ist es ja schon irgendwie, so ein Lagerfeuer«, sagt Gustav. »Es hat so was Beruhigen… AAAAAAH!«

Wir schreien alle entsetzt auf und springen erschreckt

ein ganzes Stück nach hinten, denn aus dem Feuer steigt plötzlich eine schwarze Wolke hervor, die ein Gesicht zu haben scheint. Der Mund dieses Gesichts öffnet sich weit und stülpt sich über Cornibus.

»CORNIBUS! NEIN!«, rufe ich bestürzt, aber da ist es schon zu spät.

Im nächsten Moment ist Cornibus verschwunden, nur noch der Abdruck seiner Pfoten ist auf dem staubigen Boden zu sehen.

»MMMH, DAS WAR LECKER«, ertönt eine finstere Stimme aus dem Mund der Wolke.

»DU SPINNST WOHL!«, schreie ich die Wolke an. »RÜCK SOFORT CORNIBUS WIEDER RAUS!«

»ICH DENK JA GAR NICHT DRAN«, antwortet die Wolke. »SO EINEN APPETITLICHEN HAPPEN HATTE ICH SEIT MINDESTENS HUNDERT JAHREN NICHT MEHR.«

»Wenn du Cornibus nicht sofort wieder ausspuckst, wird es dein allerletzter Happen gewesen sein«, knurrt Lilly. »Ich weiß zwar nicht, wer oder was du bist, aber …«

»Ich bin Bollock«, unterbricht sie die Wolke. »Wer seid ihr?«

Aaron tritt auf die Wolke zu und streckt ihr seine Hand entgegen.

»Ich bin Aaron. Aaron«, sagt er.

Er holt zu einem Tritt aus, wie er es zwanghaft immer machen muss, wenn er sich jemandem vorstellt, aber diesmal trifft sein Fuß leider kein Schienbein, sondern saust ins Leere und Aaron plumpst auf seinen Hintern.

»Verzeihung«, sagt Aaron. »Das ist ein Tick von mir.

Und das war jetzt ein sehr unbefriedigendes Ereignis. Ereignis.«

»DU BIST EIN MENSCHENKIND«, sagt dieser Bollock. »SEHR GUT. DICH WERDE ICH MIR ALS NÄCHSTES EINVERLEIBEN. DAS WIRD JA EIN RICHTIGES FESTMAHL HEUTE.«

»Wird es ganz sicher nicht«, knurrt Lilly. »Hier wird niemand mehr gefressen. Und wenn du Cornibus nicht sofort wieder ausspuckst, wirst du es ganz sicher bereuen.«

»Genau!«, fügt Gustav hinzu und zeigt auf Lilly und mich. »Die beiden sind nämlich die Kinder des Chefs hier unten! Mit denen sollte man sich besser nicht anlegen!«

»OHO, LUZIFERS BRUT HÖCHSTPERSÖNLICH!«, sagt Bollock. »WELCH HOHER BESUCH! DA MÜSSTE ICH MICH EIGENTLICH GEEHRT FÜHLEN. TUE ICH ABER NICHT. ICH HASSE LUZIFER. ER HAT MICH NACH HIER UNTEN VERBANNT. WEIL ICH NICHT ÜBER EINEN SEINER LAHMEN WITZE GELACHT HABE. DIESER VERFLUCHTE MISTKERL. UMSO BESSER, DASS IHR JETZT HIER SEID. MAL SEHEN, OB *ER* NOCH LACHT, WENN ICH SEINE KINDER VERSCHLUNGEN HABE.«

»Du hast schon unseren Hausdämon verschluckt«, knurrt Lilly. »Das war schon einer zu viel. Uns kriegst du ganz sicher nicht.«

»DAS WERDEN WIR JA SEHEN!«, sagt Bollock. »ICH GLAUBE NICHT, DASS ... MOMENT MAL ... SAGTEST DU GERADE HAUSDÄMON?

DAS WAR EIN HAUSDÄMON? BITTE SAGT, DASS DAS KEIN HAUSDÄMON WAR! ICH VERTRAGE DOCH KEINE HAUSDÄMONEN. O-OH. ES GEHT SCHON LOS.«

Die schwarze Wolke vor uns beginnt sich hin und her zu winden. Gurgelnde Töne erklingen aus ihrer Mitte, immer heftiger werdende Würgegeräusche gesellen sich dazu, die sich zu einem tiefen Grollen steigern. Plötzlich öffnet sich Bollocks Schlund und Cornibus schießt heraus. Ich reiße meine Arme in die Luft und schaffe es, ihn aufzufangen.

»Cornibus!«, rufe ich erleichtert. »Da bist du ja wieder! Geht es dir gut?«

»Cornibus jetzt gut«, antwortet er. »Vorher nicht. Langweilig in Bauchwolke. Cornibus ganz oft verwandeln. Auch große Tiere. Elefant und Dinosaurier und Giraffe. Trotzdem langweilig. Cornibus froh wieder draußen.«

»DIESE VERFLUCHTEN HAUSDÄMONEN«, stöhnt Bollock. »SIE SCHMECKEN JA SEHR GUT, VERANSTALTEN ABER IMMER EIN RIE-

SENTHEATER IM BAUCH, DA SPIELT MEIN MAGEN JEDES MAL VERRÜCKT.«

»Mein Mitleid hält sich in Grenzen«, brummt Lilly. »Selbst schuld, hättest ihn ja nicht verschlingen müssen.«

»WEN ODER WAS ICH VERSCHLINGE, GEHT DICH ÜBERHAUPT NICHTS AN«, sagt Bollock. »AUSSER JETZT GLEICH VIELLEICHT, DENN NUN SEID *IHR* DRAN!«

Die Wolke wird größer und größer, Bollock reißt seinen Schlund immer weiter auf und rast auf uns zu.

Verdammt, ich will nicht im Inneren dieses bescheuerten Dämons enden! Schon gar nicht heute! Ich habe nämlich Geburtstag, verflucht noch mal! Wieso hält sich da eigentlich niemand dran?

Ich greife instinktiv nach Lillys Hand und sie nach meiner. Sofort schießen blaue Blitze aus unseren Händen. Und dieser fiese Kopfschmerz ist auf einmal auch wieder da. Au, tut das weh! Egal, ignorieren, es gibt gerade Wichtigeres. Wir zielen mit den Blitzen auf Bollock, sie schießen aber einfach durch die schwarze Wolke und schlagen dahinter in die Felsen ein.

»DAMIT WOLLT IHR MICH BESIEGEN?«, sagt Bollock und lacht dreckig. »DAS KITZELT NOCH NICHT MAL!«

Mist, verdammter, das war wohl nichts. Sein riesiger Schlund rückt immer näher. Wir sind schon fast komplett von schwarzem Rauch umhüllt, ich kann kaum noch etwas sehen. Dafür höre ich plötzlich etwas. Ganz leise. Eine Art knisterndes Zischen.

»WAS – WAS IST DAS?«, wundert sich Bollock und weicht ein Stück zurück.

Das wüsste ich auch gern. Aber was immer es auch ist, es lenkt ihn offenbar ab, die Wolke scheint kleiner zu werden.

»DAS – DAS KANN NICHT SEIN!«, schreit Bollock gequält auf.

In die kleiner werdende schwarze Wolke mischen sich helle Rauchschwaden, die sich ausbreiten.

»NEEEEIIIIIIIIIN!«, schreit Bollock und wird dabei immer leiser.

Ein paar Sekunden später gibt er überhaupt keinen Ton mehr von sich, stattdessen ist plötzlich ein Plätschern zu hören, das kurz darauf aber auch verstummt.

Als sich die letzten Rauchschwaden verzogen haben, blicken wir auf Gustav. Er steht auf der anderen Seite des mittlerweile komplett erloschenen Lagerfeuers und zieht gerade den Reißverschluss seiner Hose hoch.

»Er ist weg«, sage ich staunend. »Was … Wie hast du das gemacht?«

»Alter Pfadfindertrick«, sagt Gustav grinsend. »Hat mir mein Vater beigebracht. Als ich noch kleiner war, habe ich ihn manchmal bei seinen Höhlenerforschungen begleitet, da gab es auch immer Lagerfeuer. Und ein

Lagerfeuer löscht man am besten, indem man draufpinkelt. Ich dachte, vielleicht hilft das in diesem Fall ja auch.«

»Und wie das geholfen hat!«, sagt Lilly grinsend. »Dieser Stinkstiefel hat sich im wahrsten Sinne des Wortes verpisst!«

Wir lachen alle.

»FREUT EUCH NICHT ZU FRÜH«, ertönt Bollocks Stimme kaum hörbar aus einer winzigen schwarzen Rauchschwade, die sich aus der Asche nach oben schlängelt. »WIE HEISST ES SO SCHÖN? WER ZULETZT LACHT, LACHT AM BESTEN. IHR GLAUBT DOCH NICHT ERNSTHAFT, DASS IHR MICH MIT EIN BISSCHEN PIPI AUSLÖSCHEN KÖNNT?«

»AAAAAAAAAH!«, schreit Gustav. »NICHTS WIE WEG HIER!«

Er läuft panisch los und verschwindet in einem der Gänge.

»Cornibus! Glühwürmchen!«, rufe ich und wir rennen Gustav hinterher.

Bettlaken ausschütteln

»Glaubt ihr … wir haben ihn … abgehängt?«, fragt Gustav keuchend.

Wir sind eine ganze Weile gerannt und Aaron und er sind völlig außer Atem.

»Ist er uns … überhaupt … gefolgt? … Gefolgt?«, fragt Aaron.

»Gute Frage«, sagt Lilly. »Ich weiß es nicht. Ich kenne mich mit Dämonen nicht aus. Luzie, was sagst du? Besteht die Gefahr, dass er hinter uns her ist?«

Um diese Frage zu beantworten, müsste ich erst mal wissen, was für eine Art von Dämon dieser Bollock ist. Gehört habe ich jedenfalls noch nie etwas von ihm. Und ein Dämon, der nur aus Rauch besteht, ist mir hier unten in all den Jahren auch noch nicht begegnet.

»Keine Ahnung«, antworte ich deshalb. »Es gibt so viele unterschiedliche Arten von Dämonen, ich kenne längst nicht alle. Aber eins weiß ich: Bei Dämonen muss man immer mit allem rechnen.«

»Okay … Das heißt … wir müssen … weiter«, keucht

Gustav und versucht, tief durchzuatmen. »Ich möchte diesem … Bollock … nicht noch einmal begegnen. Er ist bestimmt … nicht so gut auf mich … zu sprechen. Ich habe ihn schließlich … angepinkelt.«

Er atmet noch ein paarmal tief durch und stolpert schwerfällig diesen Gang entlang, der endlos zu sein scheint. Wir laufen, so schnell es geht, immer weiter. Plötzlich vollführt unser Cornibus-Glühwürmchen ein paar Meter vor uns einen wild aussehenden Tanz. Sein Licht schwirrt im Zickzack hin und her und hoch und runter, mir wird ganz schwindlig davon.

»Cornibus, was machst du denn da?«, rufe ich ihm zu. »Ist alles in Ordnung mit dir?«

»Cornibus Luzie verwarnen!«, ruft er zurück. »Vorpflicht! Nicht weitergehen! Große Kufe hier!«

»Große Kufe?«, frage ich verwundert. »Was denn für eine Kufe?«

»Kufe von Treppe!«, antwortet er. »Groß!«

»Ach so«, erwidere ich lachend und gehe auf ihn zu. »Das heißt Stufe, Cornibus. Treppenstufe. Danke für die Warnung, da kann man schnell mal stolpern. Bestimmt hast du dich daran erinnert, wie ich in St. Fidibus die Treppe runtergefallen bin und mir den Arm gebrochen habe. Aber keine Sorge, hier unten kann mir nichts passier… AAAAAAAAAHHHH!«

Jetzt ist doch glatt mein Herz ganz kurz vor Schreck

stehen geblieben. Ich stehe plötzlich direkt vor einem sehr tiefen Abgrund. Nur einen halben Schritt weiter und ich wäre wer weiß wie tief abgestürzt – der Boden ist von hier aus noch nicht einmal zu erahnen.

»VORSICHT, LEUTE!«, rufe ich den anderen zu. »KEINEN SCHRITT WEITER! HIER IST EIN ABGRUND!«

»Ja, Vorpflicht«, sagt Cornibus, der vor meinem Gesicht herumschwirrt. »Cornibus gesagt. Große Kufe.«

»Das ist doch keine Stufe, Cornibus!«, erwidere ich immer noch angespannt von dem Schreck. »Eine Stufe ist an einer Treppe! Das ist keine Treppe!«

»Große Treppe?«

»Nein, das ist auch keine große Treppe!«, sage ich.

»Sehr große Treppe?«

»Überhaupt keine Treppe!«, sage ich. »Auf einer Treppe kann man laufen! Hier kann man nur abstürzen! Und das ist lebensgefährlich! Zumindest für Aaron und Gustav!«

Die anderen treten zaghaft neben mich und werfen einen vorsichtigen Blick nach unten.

»Ui!«, sagt Gustav. »Das geht's aber echt ganz schön tief runter. In so einer tiefen Höhle war ich noch nie. Das würde meinem Vater gefallen.«

»Ja, das ist sehr beeindruckend«, sagt Aaron. »Aber es stellt uns vor ein großes Problem. Wie kommen wir von hier aus weiter? Zurückgehen ist keine Option, dann landen wir wieder bei diesem Bollock. Auf dem Weg hierher gab es keine einzige Abzweigung. Abzweigung.«

»Das ist allerdings ein Problem«, sagt Lilly.

»Nicht unbedingt«, sagt Gustav. »Cornibus, kannst du mir bitte mal leuchten?«

Er geht an den linken Rand des Gangs und streckt seinen Kopf um die Ecke, danach macht er das Gleiche am rechten Rand.

»Das müsste gehen«, sagt er.

»Was müsste gehen?«, fragt Lilly. »Da kommen wir nie rüber. Oder kannst du plötzlich fliegen?«

»Leider nicht«, sagt Gustav. »Aber wir müssen auch gar nicht auf die andere Seite. Hier rechts ist ein Absatz in der Wand. Er zieht sich über die gesamte Seite und führt bis zu einem großen Loch. Das ist wahrscheinlich auch ein Gang, von da aus kommen wir bestimmt weiter.«

Wir strecken unsere Köpfe ebenfalls um die Ecke, um uns das anzusehen.

Stimmt, da ist ein Absatz. Aber der ist sehr schmal.

Wenn wir uns ganz flach an die Wand drücken, passen wir gerade so drauf. Und unter uns ist dieser unendlich tiefe Abgrund. Wenn ich oben bin, wird mir immer schwindlig, wenn ich irgendwo oben stehe und runtergucke. Hier unten sollte das aber nicht passieren, hier war mir noch nie schwindlig. Ein bisschen mulmig ist mir aber schon. Lilly und mir kann hier unten zwar nichts passieren, aber Aaron und Gustav schon.

»Schafft ihr das denn?«, frage ich. »Ich meine, das sieht schon sehr gefährlich aus.«

»Du weißt doch, ich empfinde aufgrund meines Gendefekts keine Angst«, antwortet Aaron. »Außerdem verfüge ich über einen sehr ausgeprägten Gleichgewichtssinn. Von daher sollte das kein Problem sein. Problem sein.«

»Und ich bin mit meinem Vater schon oft in Höhlen über solche Absätze balanciert«, erklärt Gustav. »Da war ich zwar immer angeseilt, aber ich denke, das schaffe ich auch ohne Sicherung. Wir sollten uns aber vorsichtshalber alle an den Händen halten.«

»Gut, so machen wir das«, sagt Lilly. »Ich gehe vor.«

Sie setzt den ersten Fuß auf den Absatz, drückt sich flach an die Wand und zieht den zweiten Fuß nach. Dann rückt sie vorsichtig trippelnd weiter und wir folgen ihr, zuerst Aaron, dann ich, dann Gustav. Zentimeterweise bewegen wir uns seitlich in Richtung des großen Lochs, das ungefähr hundert Meter von uns entfernt liegt.

»Alles okay bei euch?«, fragt Gustav, als wir ungefähr die Hälfte geschafft haben.

»So weit, ja«, sagt Lilly. »Läuft besser, als ich erwartet habe. Wenn wir so weitermachen, haben wir es in ein paar Minuten ge… Moment mal. Seid mal leise. Hört ihr das auch?«

Wir bleiben stehen und geben keinen Mucks von uns. Ja, jetzt höre ich es auch. Es kommt von rechts und wird langsam lauter.

»Was ist das?«, fragt Lilly.

»Es hört sich an, als würde jemand Bettlaken ausschütteln«, sagt Gustav.

»Oder wie die Flügelschläge sehr großer Vögel. Vögel«, fügt Aaron hinzu.

»In der Hölle gibt es Vögel?«, wundert sich Lilly.

»Nein«, sage ich. »Aber es gibt Flugdämonen.«

Dass ich mit meiner Vermutung richtigliege, zeigt sich einen kurzen Moment später. Aus dem Loch, auf das wir uns zubewegen, schießen plötzlich fünf Flugdämonen mit lautem Geschrei. Auf ihnen sitzen andere Dämonen, jeder von ihnen schwenkt einen brennenden Dreizack in der Luft – das ungewohnt helle Licht blendet mich sogar für einen Moment.

»Sind das Flugdämonen?«, will Lilly wissen.

»Ja!«, antworte ich. »Aber normalerweise sind sie nicht bemannt! Und schon gar nicht bewaffnet!«

»Sind die wegen uns hier?«, fragt Gustav.

»Das werden wir gleich wissen!«, antworte ich.

Offenbar sind sie es, denn die Flugdämonen steuern direkt in unsere Richtung. Als sie an uns vorbeizischen, richtet einer der Reiter seinen Dreizack auf uns, eine Feuerkugel schießt heraus, sie schlägt neben Gustav in die Felswand ein und zerbröselt den Vorsprung direkt neben seinen Füßen.

»Zurück können wir nicht mehr!«, ruft Gustav. »Wir müssen so schnell wie möglich auf die andere Seite!«

Lilly setzt sich in Bewegung, wir trippeln alle etwas schneller auf das Loch zu. Währenddessen drehen die Flugdämonen eine Schleife und zischen wieder auf uns zu. Als sie diesmal an uns vorbeifliegen, feuern alle fünf Reiter auf einmal auf uns. Die Feuerkugeln schlagen dicht über unseren Köpfen ein, treffen uns aber zum Glück nicht.

»OKAY, MIR REICHT'S!«, schreit Lilly unseren Angreifern hinterher. »IHR GLAUBT JA WOHL NICHT, DASS ICH MICH SO EINFACH VON EUCH ABBALLERN LASSE, IHR HÄSSLICHEN VÖGEL!«

Als die Flugdämonen das nächste Mal an uns vorbeifliegen und angreifen, lässt Lilly Aaron los und streckt beide Hände nach vorne. Blaue Blitze schießen aus ihnen hervor, sie treffen einen der Flugdämonen, er quiekt laut auf, torkelt und stürzt in die Tiefe. Daraufhin feuern die anderen aus allen Dreizacken auf uns. Lilly streift noch einen, aber ohne sichtbaren Effekt.

»WORAUF WARTEST DU NOCH?«, schreit Lilly mich an. »HILF MIR!«

Oh, stimmt, ich kann das mit den Blitzen ja auch. Ich lasse Aaron ebenfalls los und strecke meine Hände nach vorne. Als mich die ersten Blitze verlassen, sticht wieder dieser fiese Schmerz in meinen Kopf. Aua, verdammt, was ist das denn? Wieso passiert das ständig? Keine Zeit, darüber nachzudenken. Ich treffe einen der Flugdämonen, er stürzt ab. Es sind immer noch drei übrig, die unaufhörlich auf uns feuern. Die Feuerkugeln schlagen links und rechts und über und unter uns in die Felswand. Lilly und ich können einige davon mit unseren Blitzen abwehren, aber längst nicht alle. Drei Kugeln auf einmal schießen direkt auf mich zu. Zwei kann ich abwehren, die dritte könnte Aaron treffen. Er duckt sich gerade noch rechtzeitig, verliert dabei aber das Gleichgewicht und droht gleich abzustürzen.

»AARON! NEIN!«, rufe ich entsetzt und greife nach ihm.

Ich erwische ein Stück seiner Jacke, kann es aber nur ganz kurz festhalten. Er streckt mir im Fallen beide Hände entgegen, aber ich schaffe es nicht, eine davon zu greifen. Machtlos muss ich mit ansehen, wie er ohne jeden Halt nach unten stürzt.

»LILLY!«, rufe ich verzweifelt. »MACH WAS! SCHNELL!«

Sie kann doch Leute mitten in der Luft anhalten, das hat sie bei Aaron schon einmal geschafft, als er von diesem Sprungturm gefallen ist! Ich habe das noch nie probiert und weiß nicht, wie das geht!

Lilly reagiert im wahrsten Sinne des Wortes blitzschnell. Ihre Hände richten sich auf unseren abstürzenden Freund, der plötzlich mitten in der Luft stehen bleibt.

»JA!«, rufe ich erleichtert. »DU HAST IHN!«

»JA!«, ruft Lilly zurück. »DIE FRAGE IST NUR: WIE LANG? MACH ENDLICH DIESE VERDAMMTEN BIESTER FERTIG, LUZIE! SONST …«

In diesem Moment trifft sie eine der Feuerkugeln an der Schulter. Sie wird durch den Aufprall an die Wand gedrückt und verliert für eine Sekunde die Kontrolle über ihre Hände. Ihre Kraft löst sich von Aaron und er stürzt unaufhaltsam in die Tiefe.

»AAAAAAAROOOOOON! NEIIIIIIIN!«, schreie ich verzweifelt.

Noch während ich entsetzt mit ansehen muss, wie einer meiner besten Freunde im Dunkel der Tiefe verschwindet, feuert einer der Angreifer eine ganze Salve Feuerkugeln auf Gustav ab.

»IHR VERDAMMTEN MISTKERLE!«, schreie ich und beschütze Gustav mit meinen Blitzen.

Die Feuerkugeln prasseln weiter auf uns ein, wir sind nur noch damit beschäftigt, sie abzuwehren, und schaffen es nicht, selbst anzugreifen.

»Wir brauchen irgendeine Taktik!«, ruft mir Lilly zu. »Sonst werden wir die nie los!«

»Okay!«, rufe ich zurück. »Ich wehre ab und du versuchst anzugreifen!«

Ich konzentriere mich auf die auf uns zufliegenden Feuergeschosse, während Lilly auf die Körper der Flugdämonen zielt. Leider haben sich unsere Gegner mittlerweile auf uns eingestellt. Sie weichen geschickt immer wieder aus und Lilly landet keine direkten Treffer, die eine Wirkung erzielen würden.

»DIE BIESTER SIND ZU SCHNELL!«, schimpft Lilly.

»JA, ICH SEHE ES!«, rufe ich. »WIR MÜSSEN UNS ETWAS ANDERES …«

Ein markerschütternder, unglaublich lauter Schrei unterbricht mich. Wieder ist so eine Art Flügelschlag zu hören, er klingt nur viel lauter und mächtiger. Er kommt von links. Als ich meinen Kopf drehe, sehe ich

etwas Gewaltiges aus der Finsternis auf uns zufliegen. Was ist das? Es sieht aus wie ein Dinosaurier. Ein fliegender Dinosaurier. Er lässt noch so einen markerschütternden Schrei los. Unsere Angreifer richten ihre Aufmerksamkeit und ihre Dreizacke auf ihn. Sie feuern aus allen Zacken auf ihn, aber er ist so gewaltig, dass die brennenden Kugeln wirkungslos an ihm abprallen. Er ist jetzt auf unserer Höhe und wir werden fast vom Wind seines Flügelschlags von unserem Vorsprung geweht.

»CORNIBUS!«, rufe ich überrascht, als ich die beiden Hörner an seinem Kopf entdecke. »DAS IST CORNIBUS!«

»SCHNAPP SIE DIR, CORNIBUS!«, ruft ihm Lilly zu. »MACH SIE FERTIG, DIESE MISTKERLE!«

Cornibus schreit noch einmal ohrenbetäubend laut, dann stürzt er sich auf unsere Angreifer. Zwei der Flugdämonen erwischt er mit seinen Klauen und feuert sie an die gegenüberliegende Felswand. Dort prallen sie ab und stürzen torkelnd mit ihren Reitern in die Tiefe. Der dritte und letzte Flugdämon tritt die Flucht an und steuert auf das Loch zu, aus dem er gekommen ist. Cornibus ist ihm dicht auf den Fersen und schnappt mit seinem riesigen Maul nach ihm, aber er schafft es gerade so und verschwindet in dem Loch, für das Cornibus viel zu groß ist, um ihm zu folgen. Cornibus brüllt ihm noch hinterher, dann fliegt er zu uns zurück.

»CORNIBUS!«, rufe ich ihm zu. »FLIEG NACH UNTEN! SUCH AARON! SCHNELL!«

Er nickt mir zu, verwandelt sich in einen Adler und stürzt sich wie ein Pfeil in die Tiefe. Während er in der Dunkelheit verschwunden ist, bewegen wir uns weiter vorsichtig auf das Loch zu und erreichen es schließlich.

Wir lassen uns alle erleichtert auf den Boden sinken und atmen ein paarmal tief durch.

»Das war knapp«, sage ich. »Ohne Cornibus hätten wir es nicht geschafft. Diese verflixten Biester. Woher wussten die, dass wir hier sind?«

»Ich nehme an, die Dämonen, die Auribus geschnappt haben, haben es Azrael gemeldet«, sagt Lilly. »Er weiß jetzt, dass wir hier sind. Und das war bestimmt nicht der letzte Versuch, uns zu erledigen. Wir sollten schnell verschwinden.«

»Nicht ohne Aaron«, sage ich bestimmt.

»Denkst du denn … Glaubst du, dass jemand so einen Sturz überleben kann?«, fragt Gustav.

»Ich halte das für sehr unwahrscheinlich«, sagt Lilly ganz leise.

»Das ist überhaupt nicht unwahrscheinlich!«, erwidere ich. »Wir sind in der Hölle. Hier ist alles möglich.«

Das hoffe ich zumindest sehr. Aaron ist nicht tot. Er kann nicht tot sein. Er darf einfach nicht tot sein. Er ist doch einer meiner besten Freunde. Und er ist nur mitgekommen, um uns zu helfen. Wenn ihm etwas passiert ist, würde ich mir das nie verzeihen. Nein, darüber möchte ich überhaupt nicht nachdenken. Aaron lebt. Ganz sicher.

»Cornibus findet ihn«, sage ich. »Er kommt jeden Moment mit Aaron im Schlepptau hier angeflogen. Hundert Prozent.«

Die nächsten Minuten verbringen wir damit, angespannt in die Tiefe zu starren. Die Feuerkugeln, mit denen die Angreifer uns bombardiert haben, flackern noch teilweise an den Felswänden und spenden uns ein bisschen Licht. Komm schon, Cornibus! Komm zurück zu uns und bring Aaron mit! Bitte!

Es dauert noch eine ganze Weile, bis Gustav aufgeregt nach links zeigt.

»Da ist er!«, ruft er und springt auf.

Tatsache! Es ist Cornibus! Er fliegt mit schweren Flügelschlägen als Adler von links unten auf uns zu und … er ist allein.

»Was ist mit Aaron? Hast du ihn gefunden? Ist er verletzt?«, rufe ich Cornibus besorgt zu.

»Cornibus nicht gefunden Ahorn«, antwortet Cornibus. »Cornibus überall gesucht. Kein Ahorn. Da unten gar nichts.«

»Das sind doch gute Nachrichten«, sagt Lilly.

»Gute Nachrichten?«, erwidere ich. »Aaron ist da runtergestürzt, und jetzt fehlt jede Spur von ihm. Was soll denn daran gut sein?«

»Ganz einfach: Wenn ihm etwas Schlimmes passiert wäre, würde er ja da unten irgendwo rumliegen«, sagt Lilly. »Da ist aber nichts, also muss er woanders sein. Und somit ist er höchstwahrscheinlich noch am Leben. Das sind für mich gute Nachrichten.«

Echt? Ich weiß ja nicht. Wenn jemand in einen Abgrund stürzt und spurlos verschwindet, kann ich nichts Gutes daran finden. Wobei ich natürlich gerne daran glauben will, dass er noch am Leben ist. Er *muss* einfach noch am Leben sein. Alles andere ist unvorstellbar.

»Kannst du ihn denn noch riechen, Cornibus?«, frage ich. »Als er auf Omas Planet plötzlich verschwunden war, konntest du ihn doch riechen und wir wussten, dass er am Leben ist.«

»Cornibus nicht riechen Ahorn«, antwortet Cornibus. »Cornibus gar nicht riechen. Unten viel Schwefel. Cornibus' Nase verstört.«

»Okay, Mist«, sage ich. »Aber dann müssen wir eben da runter und ihn suchen.«

»Da runter?«, fragt Gustav und blickt ängstlich in den Abgrund. »Wie sollen wir denn da runterkommen?«

»Cornibus könnte sich als Adler größer machen und dich auf seinem Rücken runterbringen«, schlage ich vor. »Und Lilly und ich springen einfach, wir sind schließlich unsterblich. Wahrscheinlich brechen wir uns dabei erst mal alle Knochen, aber die wachsen sehr schnell wieder zusammen, das weiß ich aus Erfahrung.«

»Ich soll da runterspringen und mir alle Knochen brechen?«, erwidert Lilly. »Nie im Leben. Woher weißt du denn, dass das bei mir genauso funktioniert wie bei dir? Ich habe noch keine Erfahrungen mit der Unsterblichkeit. Nein, das ist mir zu riskant, das mache ich nicht, auf keinen Fall.«

»Dann lässt du dich eben auch von Cornibus runterbringen«, erwidere ich. »Irgendwas müssen wir doch machen. Ich werde nicht tatenlos hier oben rumsitzen, während mein bester Freund da unten …«

»Pssst! Sei mal kurz leise!«, unterbricht mich Lilly und hebt einen Finger an ihren Mund.

Sie steht auf, geht drei Schritte in den Gang hinein und streckt ihr Ohr ins Dunkel.

»Hört ihr das auch?«, fragt sie leise.

Gustav und ich stehen auf und stellen uns lauschend neben sie.

»Ich höre etwas«, sagt Gustav. »Das klingt wie …«

»Die Flügelschläge dieser verdammten Biester!«, vollendet Lilly seinen Satz. »Sie sind noch ein ganzes Stück weit weg. Aber lang kann es nicht dauern, bis sie hier auftauchen. Wir müssen abhauen!«

Ja, jetzt höre ich das Geräusch schlagender Flügel auch.

»Okay, dann lass uns springen!«, sage ich und zeige auf den Abgrund.

»Nein, ich habe eine bessere Idee!«, sagt Lilly und zeigt auf eine schmale Spalte in der Felswand. »Da müssten wir durchpassen! Die fiesen Viecher aber nicht!«

Sie quetscht sich durch die Spalte und verschwindet dahinter.

»Hier ist ein Gang!«, ruft sie uns zu. »Los, kommt schon!«

Das Geräusch der Flugdämonen wird stetig lauter.

»Ja, aber was ist denn mit Aaron?«, rufe ich zögernd zurück.

»Eins nach dem anderen!«, erwidert Lilly. »Erst müssen wir uns selbst retten! Falls er noch am Leben ist, können wir ihm ganz sicher nicht helfen, wenn wir uns von diesen Biestern schnappen lassen!«

Ja … nein … was? … Verdammt, ich weiß nicht, was ich machen soll! Ich kann doch Aaron nicht so einfach aufgeben! Aber sie hat natürlich recht! Wenn sie uns schnappen, können wir gar nichts mehr für ihn tun!

Gustav schlüpft ebenfalls durch den Spalt.

»LUZIE!«, schreit Lilly, während die Flügelschläge immer näher kommen. »JETZT IST NICHT DIE ZEIT, UM LANG ZU ÜBERLEGEN! KOMM SCHON!«

»CORNIBUS! GLÜHWÜRMCHEN!«, rufe ich und wir folgen Lilly und Gustav.

Ein Angebot

Es geht jetzt schon wieder eine ganze Weile lang bergauf, was mir überhaupt nicht gefällt, weil es bedeutet, wir entfernen uns von Aaron – ich würde viel lieber unten nach ihm suchen.

Eine Pause erlauben wir uns nicht, Lilly findet es zu riskant, falls uns doch jemand verfolgt. Niemand spricht, die Stimmung ist sehr gedrückt.

Irgendwann erreichen wir eine Gabelung und bleiben stehen.

»Links oder rechts?«, fragt Lilly.

»Ich habe keine Ahnung«, sage ich seufzend.

»Da«, sagt Cornibus und fliegt nach links. »Cornibus kann Dämonen hören. Viele Dämonen.«

»Viele Dämonen?«, fragt Gustav zögerlich. »Sollten wir dann nicht eher in die andere Richtung gehen?«

»Nein«, sagt Lilly bestimmt. »Wir müssen so schnell wie möglich Azrael finden und ihn unschädlich machen. Und er wird mit Sicherheit eher dort sein, wo viele Dämonen sind.«

»Und was genau machen wir, wenn wir ihn gefunden haben?«, frage ich. »Hast du schon einen Plan?«

»Nein, leider nicht«, antwortet Lilly. »Aber irgendwas wird uns schon einfallen. Am liebsten würde ich ihm einfach den Kopf abreißen. Aber dafür müssen wir ihn erst mal finden.«

Sie stapft entschlossen weiter, wir folgen ihr.

»Sag mal, hattest du vorhin eigentlich auch wieder diese seltsamen Kopfschmerzen?«, frage ich sie, weil es mir gerade wieder einfällt. »Als wir unsere Blitze gegen die Flugdämonen eingesetzt haben, meine ich.«

»Ja«, antwortet Lilly. »Das war echt fies. Es muss irgendwas mit unseren Kräften zu tun haben. Aber darum kümmern wir uns später. Vielleicht weiß Papa, was das ist. Aber der ist ja leider gef…«

»ACHTUNG! ACHTUNG!«, unterbricht sie eine sehr laute, kratzige Stimme, die von direkt über uns kommt. »DIES IST EINE HÖLLISCH WICHTIGE DURCHSAGE!«

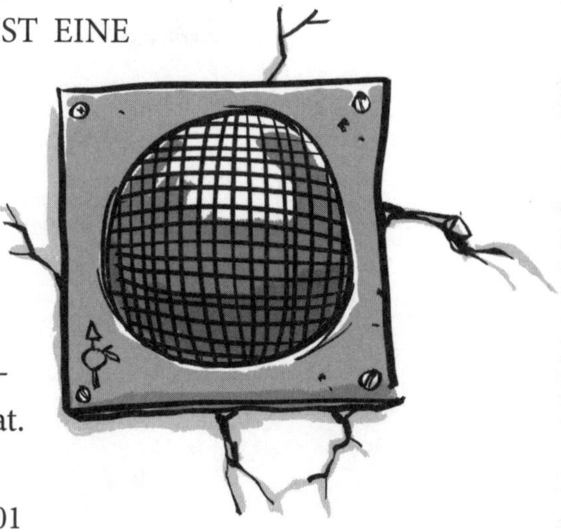

Okay, wir sind offenbar wirklich im bewohnten Teil der Hölle angekommen – über uns hängt ein Lautsprecher der Sprechanlage, die Steven installiert hat.

»HIER SPRICHT EUER GROSSARTIGER NEUER HERRSCHER!«, krächzt die Stimme weiter.

»Das ist Azrael, dieser Mistkerl«, brummt Lilly.

Ja, das ist er, ich erkenne seine leicht irre klingende Stimme.

»WIE IHR ALLE WISST, HABE ICH MEINEN VERHASSTEN BRUDER LUZIFER TRIUMPHAL BESIEGT!«, fährt Azrael fort. »MEINE RACHE IST ABER ERST KOMPLETT, WENN ICH AUCH NOCH SEINE ELENDE BRUT ERLEDIGT HABE! JA, EUCH MEINE ICH, LUZIE UND LILLY!«

»Verdammt«, knurrt Lilly. »Er weiß, dass wir hier sind.«

»UND DIE BEIDEN MICKRIGEN MENSCHLINGE, DIE EUCH BEIM LETZTEN MAL GEHOLFEN HABEN, MICH REINZULEGEN! WOBEI, NEIN, VERZEIHUNG, EINEN DER BEIDEN HABEN WIR JA BEREITS ERLEDIGT, ES IST NUR NOCH EINER ÜBRIG!«

Oh nein! Er meint Aaron! Was soll das heißen, die haben ihn erledigt? Das … das klingt so … so endgültig.

Gustav greift nach meiner Hand, ich drücke sie fest.

»ICH WEISS, DASS IHR DREI HIER IRGENDWO SEID!«, fährt Azrael fort. »UND WAHRSCHEINLICH GLAUBT IHR, IHR KÖNNTET MICH EIN ZWEITES MAL BESIEGEN! ABER DAS WIRD GANZ SICHER

NICHT PASSIEREN! VON DAHER MACHE ICH EUCH EIN ANGEBOT! WENN IHR EUCH INNERHALB DER NÄCHSTEN HALBEN STUNDE ERGEBT, VERSPRECHE ICH EUCH EINEN SCHNELLEN UND RELATIV SCHMERZLOSEN TOD!«

»Vergiss es«, knurrt Lilly. »Wir werden uns ganz sicher nicht einfach so kampflos ergeben.«

»FALLS NICHT, WERDE ICH SÄMTLICHE HÖLLENBEWOHNER HINTER EUCH HERHETZEN! UND JEDER, DER MIR EINEN EURER KÖPFE BRINGT, KRIEGT EINEN TAG BEZAHLTEN SONDERURLAUB! IM GEGENSATZ ZU LUZIFER BIN ICH NÄMLICH EIN SEHR GROSSZÜGIGER HERRSCHER DER HÖLLE!«

»Ein verdammter Mistkerl bist du, sonst nichts«, knurrt Lilly.

»ALSO, DENKT DARÜBER NACH! ERSPART EUCH SELBST JEDE MENGE ÄRGER UND NEHMT MEIN GROSSZÜGIGES ANGEBOT AN! IHR HABT

EINE HALBE STUNDE ZEIT! ENDE DER DURCHSAGE!«

»Großzügiges Angebot? Dass ich nicht lache«, brummt Lilly. »Was soll denn daran großzügig sein? Wenn wir uns ergeben, sind wir tot, und wenn nicht, dann auch. Aber nicht mit mir. So leicht werden wir es ihm bestimmt nicht machen. Oder, Jungs?«

»Na ja«, sagt Gustav zögerlich. »Ich bin da ziemlich machtlos, würde ich sagen. Er wird sich bestimmt nicht noch mal so leicht reinlegen lassen wie beim letzten Mal. Außerdem fehlt uns Aaron, er hatte immer die besten Ideen.«

Ja, das hatte er. Nein, *hat* er! Er ist nämlich noch am Leben! Dass Azrael ihn *erledigt* hat, kann viel bedeuten. Wahrscheinlich hält er ihn irgendwo gefangen. Bestimmt. Aber das hilft uns jetzt gerade natürlich nicht.

»Wir müssen Papa finden und befreien«, sage ich. »Ohne ihn dürfte es fast unmöglich sein, Azrael zu besiegen.«

»Ich fürchte, du hast recht«, seufzt Lilly. »Aber wie finden wir ihn? Azrael hat ihn mit Sicherheit irgendwo schwer bewacht eingesperrt. Die Frage ist nur: wo? Gibt es hier unten so eine Art Gefängnis?«

»Die Hölle ist ein einziges Riesengefängnis«, antworte ich. »Jede Abteilung ist ein kleines Gefängnis.«

»Ja, aber da sind doch nur Leute von oben drin, wenn

ich das richtig verstanden habe«, sagt Gustav. »Was macht denn dein Vater, wenn mal ein Höllenbewohner etwas anstellt?«

»Dann lässt er dessen Kopf explodieren«, erkläre ich. »Oder er reißt ihn ab. Oder irgendwas anderes. Jedenfalls hat derjenige hinterher meistens keinen Kopf mehr und braucht kein Gefängnis.«

»Aber wir waren beim letzten Mal doch auch irgendwo eingesperrt«, sagt Lilly. »Erinnerst du dich? Als wir angekettet waren und Azrael uns mit seinen schwarzen Blitzen beschossen hat?«

»Stimmt«, sage ich. »Das war in unserer ehemaligen Abteilung 61. Die ist auf Level 43.«

»Könnte Papa nicht auch dort gefangen sein?«

»Einen Versuch ist es sicher wert«, sage ich. »Und einen anderen Plan haben wir sowieso nicht.«

»Okay, dann lasst uns das machen«, sagt Lilly. »Wie kommen wir da hin?«

»Gute Frage, keine Ahnung«, erwidere ich. »Dafür müssten wir erst mal wissen, wo genau wir gerade sind. Und *dafür* müssten wir in die Richtung, in der die vielen Dämonen sind.«

»Dann lasst uns besser keine Zeit verlieren«, sagt Lilly. »Azrael hat gesagt, wir haben eine halbe Stunde Zeit, bis wir uns ergeben müssen. Bis dahin lassen uns seine Dämonen hoffentlich noch in Ruhe.«

»Und was, wenn nicht?«, fragt Gustav ängstlich.

»Dann kämpfen wir mit allem, was wir haben«, sagt Lilly entschlossen.

»Ich habe aber nichts«, sagt Gustav leise.

»Doch«, erwidere ich. »Du hast uns. Und ich werde ganz sicher nicht noch einen Freund verlieren. Schon gar nicht an meinem Geburtstag.«

»Ich auch nicht«, stimmt Lilly mir zu und wendet sich an Cornibus. »Führst du uns bitte dorthin, wo die vielen Dämonen sind?«

»Cornibus führen. Und Cornibus auch dämpfen. Mustav beschützen. Und Luzie. Und Lilly. Asselmehl böse. Nicht gewinnen.«

Hoffentlich behält er recht. Azrael darf einfach nicht gewinnen, das müssen wir unbedingt verhindern.

Cornibus schwirrt los, wir folgen ihm.

Nicht ausgebildet

Ungefähr zehn Minuten später steigen wir bei Level 43 aus dem Aufzug. Der Weg hierhin verlief erfreulicherweise ohne Probleme. Der Gang führte uns zu Level 66, dort wimmelte es tatsächlich nur so von Dämonen. Wir hielten uns immer am Rand im Schatten und huschten hinter ihren Rücken vorbei, bis wir den Aufzug erreichten, der dann zum Glück auch noch leer war.

Hier oben auf Level 66 ist offenbar weniger los – als sich die Aufzugtür öffnete, war weit und breit niemand zu sehen.

»Wo lang?«, fragt Lilly.

»Dahinten links um die Ecke müsste es sein«, sage ich.

Als wir an der Ecke angekommen sind, spähen wir vorsichtig um sie herum. Ja, da ist der Raum, die 61 auf der Tür ist noch ein bisschen zu erkennen. Davor stehen zwei Wachdämonen.

»Der Raum ist bewacht«, flüstert Lilly. »Papa ist da drin, jede Wette.«

»Ja, vermutlich« stimme ich ihr zu. »Umsonst stehen die zwei nicht da. Sie kommen mir irgendwie bekannt vor.«

»Mir auch«, sagt Gustav. »Das sind die Gleichen, die beim letzten Mal die Schaltzentrale bewacht haben. Den einen hat Aaron mit seinem Elektroschocker ausgeschaltet.«

»Stimmt, das sind die beiden«, sage ich. »Aber wie kommen wir an denen vorbei?«

»Ich glaube, ich habe eine Idee«, sagt Gustav. »Wenn ich mich richtig erinnere, waren die zwei nicht unbedingt die Schlauesten. Folgt mir.«

Er geht voran und schreitet direkt auf die Dämonen zu.

»Guten Tag«, sagt er. »Wir möchten uns gerne ergeben.«

Die beiden sehen erst uns, dann sich selbst verdutzt an.

»Äh … hier?«, fragt der linke Dämon. »Bei uns?«

»Ja«, antwortet Gustav. »Bitte nehmt uns fest und sperrt uns ein.«

»Äh … jetzt gleich? Hier?«, fragt der rechte Dämon.

»Klar«, sagt Gustav. »Oder spricht etwas dagegen? Das ist doch eine Zelle, die ihr bewacht, oder? Da könnt ihr uns doch einsperren.«

»Na ja«, sagt der rechte Dämon und kratzt sich am Hinterkopf. »Ganz so einfach ist das nicht. Wir sind nur Wachdämonen. Wir haben keine Befugnis, jemanden festzunehmen. Dafür sind wir auch gar nicht ausgebildet.«

»Genau«, stimmt ihm der andere zu. »Wir haben nur gelernt, wie man starr vor Türen steht, ohne einzuschlafen.«

»Außerdem ist da ja schon einer drin«, fügt der andere hinzu. »Den müssen wir bewachen, so lautet unser Auftrag. Von Festnahmen hat der Chef nichts gesagt, dafür sind wir nicht ausgebildet. Könnt ihr euch nicht einfach irgendwo anders ergeben?«

»Nein«, antwortet Gustav. »Wir sind müde und möchten bitte jetzt sofort festgenommen und eingesperrt werden. Und zwar da drin.«

Er zeigt auf die Tür hinter den beiden.

»Ja, bitte«, steige ich mit ein und gähne demonstrativ. »Wir würden gern noch ein bisschen schlafen, bevor Azrael uns umbringt.«

»Ich weiß nicht«, sagt der rechte Dämon zögerlich. »Das gibt bestimmt Ärger. Und mit dem neuen Chef ist nicht zu spaßen.«

»Das stimmt«, pflichtet ihm der andere bei. »Ein Kollege von der Frühschicht hat erzählt, Azrael hätte ihm ein Bein abgesägt, nur weil er sich mal kurz mit dem Rücken an die Wand gelehnt hat. Ich würde meine Beine gern behalten.«

»Das ist sehr verständlich«, sagt Gustav. »Aber ich hätte da einen Vorschlag. Wie wäre es denn, wenn wir uns selbst einsperren? Dann habt ihr nicht gegen eure Befugnisse verstoßen und euren Beinen passiert nichts.«

»Genau«, sage ich. »Ihr gebt uns einfach den Schlüssel, wir schließen uns ein und schlafen eine Runde.«

»Ja, das ist doch ein super Vorschlag«, sagt Lilly. »Und ihr geht in der Zwischenzeit zu Azrael und erzählt ihm, dass ihr uns geschnappt habt. Jede Wette, dann seid ihr die Helden der Hölle und habt einen ganz dicken Stein bei ihm im Brett.«

»Einen Stein?«, wundert sich der rechte Dämon.

»In einem Bett?«, fragt der andere verwirrt. »Das klingt irgendwie unangenehm, das will ich nicht.«

»Brett, nicht Bett«, verbessert ihn Lilly. »Das ist eine

menschliche Redewendung. Es bedeutet, dass Azrael euch dann sozusagen einen Gefallen schuldet.«

»Aha. Das wäre allerdings nicht schlecht«, sagt der rechte Dämon. »Einen Gefallen vom Chef kann man immer mal gebrauchen. Oder was meinst du?«

»Oh ja!«, sagt der linke. »Vielleicht genehmigt er uns ja sogar einen Hausdämon? Ich vermisse unser Mupselbärchen immer noch so sehr.«

»Ja, ich auch«, seufzt der andere.

»Na, dann ist doch alles klar«, sagt Gustav. »Ihr gebt uns den Schlüssel und kriegt dafür ein neues Mupselbärchen.«

Die beiden gucken sich kurz an, dann nicken sie.

»Einverstanden«, sagt der rechte Dämon. »Wenn ihr uns versprecht, dass ihr die Tür von innen wieder zuschließt, machen wir das so. Da ist nämlich ein ganz gefährlicher Bursche drin, der auf keinen Fall entkommen darf.«

»Klar, natürlich schließen wir ab«, sagt Gustav. »Ihr könnt euch auf uns verlassen, versprochen.«

Der linke Dämon entfernt einen dicken Schlüssel von seinem Gürtel und reicht ihn Gustav.

»Das Schloss klemmt ein bisschen«, sagt er. »Ihr müsst gleichzeitig drehen und ziehen.«

»Super, danke, machen wir«, sagt Gustav. »Und lasst euch ruhig ein bisschen Zeit, wir laufen ja nicht weg.«

Die beiden Dämonen entfernen sich von uns. Wir warten noch, bis sie um die Ecke gebogen sind, dann atmen wir erleichtert auf.

»Sind eigentlich alle Dämonen so doof?«, fragt Gustav grinsend und wedelt mit dem Schlüssel in seiner Hand.

»Besonders schlau sind die meisten nicht«, antworte ich. »Wenn Papa neue Dämonen knetet, vergisst er oft das Gehirn.«

»Also, bei diesen beiden hat er es auf jeden Fall vergessen«, sagt Lilly. »Gut für uns. Los, schließ auf. Wir haben bestimmt nicht viel Zeit.«

Gustav steckt den Schlüssel in das Schloss. Es dauert einen Moment, bis er die Tür öffnen kann. Wir schlüpfen schnell hinein und Gustav schließt die Tür hinter uns ab.

Der Raum ist nur spärlich beleuchtet, direkt neben der Tür hängt eine kleine Fackel. An der uns gegenüberliegenden Wand sehen wir die Umrisse von jemandem, der an Ketten von der Decke hängt, so wie Lilly und ich beim letzten Mal. Die Person bewegt sich nicht, stöhnt aber leise vor sich hin.

Lilly schnappt sich die Fackel und geht langsam auf den Gefangenen zu.

»Papa?«, fragt sie zaghaft. »Bist du das?«

»Nein, das ist er nicht!«, sage ich, als das Licht auf ein

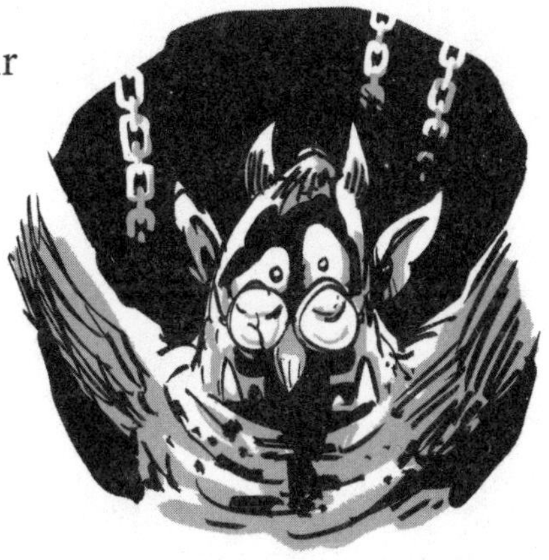

Gesicht fällt, das mir sehr vertraut ist. »Das ist Steven!«

Und er sieht gar nicht gut aus. Seine Kleidung ist überall zerrissen und sein Kopf sieht so aus, als hätte jemand damit Fußball gespielt.

»Steven!«, rufe ich erschrocken und stürze auf ihn zu. »Was haben diese Mistkerle mit dir gemacht?«

Ich kriege nur ein tiefes Stöhnen als Antwort. Steven öffnet schwerfällig seine Augen, die fast komplett zugeschwollen sind.

»Lu… Luzie?«, presst er kaum hörbar zwischen seinen Lippen heraus. »Bist … bist du das?«

»Ja, wir sind's!«, sage ich. »Lilly und Gustav sind auch hier! Aaron war auch bei uns, aber er ist in einen Abgrund gestürzt! Und Auribus haben sie auch geschnappt! Wer hat dich denn so zugerichtet? Azrael?«

»Ja«, stöhnt Steven. »Er hat mich … ausgequetscht. Er wollte wissen … wo er euch … oben finden kann. Ich habe ihm … nichts verraten. Aber das war … offenbar umsonst … denn jetzt … seid ihr hier.«

»Auribus hat uns geholt«, sage ich. »Mit deinem Ei-Boot. Damit wir Azrael besiegen.«

»Dieser Idiot«, stöhnt Steven. »Oben wart ihr … sicher. Hier unten ist es … viel zu gefährlich. Wenn Azrael rauskriegt … dass ihr hier seid … schwebt ihr in … höchster Gefahr.«

»Das weiß er leider schon«, erklärt Lilly. »Er hat uns ein Ultimatum gestellt, über die Sprechanlage. Wir sollen uns ergeben.«

»Das habe ich nicht … gehört«, stöhnt Steven. »Da war ich wohl gerade … ohnmächtig. Aber egal … ihr müsst jedenfalls … so schnell wie möglich … wieder hoch.«

»Nein«, erwidert Lilly entschlossen. »Wir müssen Azrael besiegen. Aber zuallererst müssen wir dich befreien und hier wegbringen.«

Sie macht sich an den Ketten zu schaffen, ruckelt und zerrt daran herum.

»Mist, die gehen nicht auf!«, flucht sie. »Los, helft mir mal!«

»Lasst mich«, stöhnt Steven. »Ihr müsst hier … so schnell wie möglich … verschwinden. Azrael könnte jeden Moment … wiederkommen.«

»Auf gar keinen Fall«, sage ich bestimmt und zerre ebenfalls an den Ketten. »Wir gehen nicht ohne dich!«

»Wartet, lasst es mich mal mit dem Schlüssel versuchen«, sagt Gustav.

Er versucht, den Schlüssel für die Tür in die Schlösser

der Ketten zu stecken, aber er passt nicht. Ich habe eine Idee.

»Cornibus!«, sage ich. »Kannst du die Ketten durchbeißen?«

»Klette nicht lecker«, antwortet Cornibus und verwandelt sich vom Glühwürmchen in seine ursprüngliche Form. »Aber Cornibus alles beißen.«

Ich hebe Cornibus nach oben an die Ketten, er fängt an, darauf herumzukauen. Es dauert nicht lang und die eine Kette fällt klirrend von Steven ab, jetzt hängt er nur noch mit einem Arm an der Decke.

»Super, Cornibus!«, sage ich. »Jetzt noch die andere!«

Als ich ihn gerade an die zweite Kette führe, ertönen draußen vor der Tür plötzlich Stimmen.

»Und ihr seid wirklich sicher, dass das Luzifers Kinder waren?«

»Das ist Azrael«, flüstere ich angespannt.

»Klar, Chef«, antwortet jemand, wahrscheinlich einer der beiden Wachdämonen. »Sie haben gesagt, dass sie es sind.«

»Das beweist doch noch lange nichts«, brummt Azrael. »Sie könnten euch auch angelogen haben.«

»Auf gar keinen Fall«, erwidert der Dämon. »Wir merken es, wenn wir angelogen werden. Uns macht keiner etwas vor.«

»Ach so, natürlich«, sagt Azrael. »Wisst ihr was? Dafür befördere ich euch beide zu Hauptwachdämonen. Und ihr kriegt drei Tage Sonderurlaub.«

»Oh, vielen lieben Dank, Chef«, sagt der Dämon. »Das ist wirklich sehr nett von Ihnen.«

»IST ES NICHT!«, brüllt Azrael. »ICH HABE EUCH NÄMLICH GERADE ANGELOGEN! UND IHR HABT ES NICHT GEMERKT! DAFÜR WERDET IHR DREI TAGE LANG AUSGEPEITSCHT!«

»Haha, Chef! Drei Tage auspeitschen! Der war gut!«, sagt der Dämon lachend. »Jetzt haben Sie uns doch glatt angeflunkert, so was merk ich immer gleich.«

»IHR MERKT ÜBERHAUPT NICHTS, IHR ZWEI VOLLIDIOTEN!«, brüllt Azrael. »JETZT SCHLIESST ENDLICH DIESE TÜR AUF, BEVOR ICH EUCH DIE KÖPFE ABREISSE!«

»Ja, Chef! Geht klar, Chef! Sofort, Chef!«

Verdammt, was machen wir denn jetzt? Wenn Azrael uns hier drinnen erwischt, sind wir erledigt.

»Ihr müsst ... euch verstecken«, stöhnt Steven leise. Er ist ja immer noch mit einem Arm angekettet.

Verstecken, ja, gute Idee. Aber wo? Wir blicken uns hektisch um. Hier gibt es absolut nichts, wo man sich verstecken könnte.

»Äh, Chef?«, hören wir draußen die Stimme des Dämons. »Wir können die Tür leider nicht aufschließen. Die haben den Schlüssel.«

»DIE HABEN DEN SCHLÜSSEL?«, tobt Azrael. »WIESO, UM ALLES IN DER HÖLLE, HABEN DIE DENN DEN SCHLÜSSEL?«

»Na ja, sie haben danach gefragt, also habe ich ihnen den Schlüssel gegeben«, antwortet der Dämon kleinlaut und zuckt mit der Schulter. »Und das war auch irgendwie praktischer so.«

»Praktischer, aha, soso, es war also praktischer«, sagt Azrael mit einem sehr genervten Unterton. »Dann könnt ihr mir ja vielleicht auch sagen, was bei meinem kleinen Problem hier praktischer wäre. Soll ich darauf warten, dass diese Tür irgendwann von selbst aufgeht, oder wäre es vielleicht praktischer für alle Beteiligten, WENN ICH SIE MIT EUREN VÖLLIG VERBLÖDETEN KÖPFEN EINREISSE?!«

»Ich glaube, sie verwechseln da praktisch mit drastisch, Chef«, sagt der Dämon. »Wir könnten es ja zuerst einfach mal mit Klopfen probieren?«

Ein leises Klopfen ist zu hören.

Wir rennen alle drei hektisch kreuz und quer im Raum herum und suchen immer noch eine Möglichkeit, um uns zu verstecken.

»Guckt mal, hier!«, zischt Gustav uns zu. »Passen wir da durch?«

Er steht bei Steven und drückt ihn mit einer Hand von der Wand weg. Dahinter ist ein größerer Riss in der Wand zu sehen. Wir flitzen zu Gustav, der sich bereits durch den Spalt zwängt.

»Ich bin drin!«, flüstert er uns zu. »Und wenn ich da durchpasse, müsste das für euch auch reichen!«

Lilly und ich zwängen uns ebenfalls durch den Spalt. Viel Platz ist dahinter nicht, es ist noch enger als im Ei-Boot, aber in dieser Situation können wir wohl kaum wählerisch sein.

»Hallo?«, ruft der Dämon von draußen und klopft noch einmal. »Wir sind's! Bitte aufmachen!«

»Bitte aufmachen! Bitte aufmachen!«, äfft Azrael ihn nach. »Was glaubst du denn, wo wir hier sind? In Abteilung 35?«

Abteilung 35? Ach ja, da sitzen die Hartnäckigen Höflichkeitsfanatiker. Die müssen sich die ganze Zeit lang gegenseitig unflätig beschimpfen, und wenn einer nur aus Versehen Bitte oder Danke sagt, wird sein Mund mit heißem Teer ausgespült.

»Los, worauf wartet ihr noch?«, hören wir Azrael knurren. »Tretet endlich diese verdammte Tür ein!«

»Äh … Eintreten, Chef?«, erwidert einer der Dämonen. »Muss das sein? Wir waren gerade erst gestern bei der Krallen-Pediküre. Und es ist sehr schwierig, da einen Termin zu kriegen. Vielleicht könnten wir ja etwas lauter klopfen?«

»DU WILLST LAUTER KLOPFEN?«, brüllt Azrael. »OKAY! DANN KLOPFEN WIR EBEN LAUTER!«

Ein lauter Schlag ertönt.

»Aua! Nicht, Chef! Mein Kopf!«, jammert einer der Dämonen.

Es poltert noch ein paarmal, dann fliegt die Tür auf. Azrael lässt den Dämon einfach fallen, betritt den Raum und sieht sich argwöhnisch um.

»Wie ich es mir dachte«, knurrt er. »Hier ist niemand. Sie haben euch reingelegt.«

Er geht auf Steven zu.

»Aber sie waren offenbar tatsächlich hier«, sagt er. »Nicht wahr, Steven? Die Kette hat sich bestimmt nicht von selbst gelöst. Sie haben versucht, dich zu befreien.«

»Ich habe keine Ahnung … wovon du redest«, ächzt Steven.

»Weißt du, was ich so sehr an dir bewundere, Ste-

ven?«, fragt Azrael. »Deine Loyalität. Du hältst zu Luzifer und seiner verkommenen Brut, egal, was passiert. Ich kann nur hoffen, dass ich hier unten auch irgendjemanden finde, der so loyal zu mir sein wird.«

»Ich werde das … ganz bestimmt … nicht sein«, sagt Steven.

»Ich weiß«, seufzt Azrael. »Und das betrübt mich wirklich sehr. Und es wirft die Frage auf, was ich dann überhaupt noch mit dir anfangen soll. Egal, was ich mache, du wirst mir sicher nicht verraten, wo die Kinder jetzt sind, oder?«

»Ganz bestimmt … nicht«, keucht Steven.

»Das dachte ich mir«, sagt Azrael. »Somit hast du für

mich keinerlei Nutzen mehr. Und nutzlose Sachen sollte man am besten sofort entsorgen.«

Ohne jede Vorwarnung lässt er seine Hände nach vorne schnellen und schießt schwarze Blitze auf Steven ab. Mein Körper zuckt nach vorne, jede einzelne meiner Zellen will sich dazwischenwerfen, um Steven zu beschützen, aber Lilly spürt das und hält mich zurück. Keine Sekunde später rieselt vor uns nur noch feine Asche auf den Boden und die Ketten, an denen Steven eben noch hing, klimpern gegeneinander. Alles in mir schreit laut auf. Dieser verdammte Mistkerl hat, ohne mit der Wimper zu zucken, Steven pulverisiert!

Und wieder zuckt alles in mir. Azrael steht nun direkt in unserem Blickfeld und er lacht dreckig. Jede Faser in mir will aus diesem Loch und diesem Deckskerl an die Gurgel springen. Aber Lilly hält mich nicht nur fest, sie zieht mich, so weit es geht, zurück, damit Azrael uns nicht entdeckt.

»So, das wäre einer weniger«, sagt Azrael immer noch lachend. »Die anderen werden ihm folgen, das ist nur eine Frage der Zeit. Bis dahin werde ich meinen Bruder noch ein bisschen quälen. Und mit der Nachricht, dass sein heiß geliebter Assistent nur noch Asche ist, fange ich an.«

Er dreht sich um und wendet sich an die beiden Dämonen.

»Macht das weg«, befiehlt er und zeigt auf Stevens Asche. »Falls mich jemand sucht, ich bin in Luzifers Wohnung. Ach, nein, falsch: in *meiner* Wohnung.«

Er lacht noch einmal dreckig und verlässt mit schnellen Schritten den Raum.

Die beiden Dämonen gehen langsam auf den Aschehaufen zu.

»Was machen wir denn jetzt damit?«, fragt der eine und kratzt sich ratlos am Hinterkopf. »Wir sind doch Wachdämonen, keine Putzdämonen. Dafür bin ich nicht ausgebildet.«

»Keine Ahnung«, sagt der andere. »Einfach großzügig im Raum verteilen? Sieht doch eh keiner hier drinnen im Dunkeln.«

Er fängt an, die Asche mit den Füßen auszubreiten.

»Pass auf!«, warnt ihn der andere Dämon. »Du ruinierst dir doch die frisch lackierten Krallennägel!«

»Ach so, stimmt ja«, sagt sein Kumpel. »Daran hab ich gar nicht mehr ged…«

BRRRRRRZZZZZZZZZ!

Weiter kommt er nicht. Lilly hat die beiden mit ihren Blitzen einfach kurzerhand ausgeschaltet.

»AU, VERFLUCHT!«, schimpft sie. »Wieder diese verflixten Kopfschmerzen!«

Wir kriechen aus unserem Loch und blicken alle traurig auf das Häufchen Asche, das eben noch Steven war.

»Dafür wird er büßen«, knurre ich. »Ich bringe ihn eigenhändig um, diesen miesen …«

»Da kommen noch zwei Hände dazu«, brummt Lilly. »Und Papa wird auch liebend gern Hand anlegen. Wenigstens wissen wir jetzt, wo wir ihn finden.«

Ich sehe sie fragend an.

»Azrael hat gesagt, er geht Papa quälen«, sagt Lilly. »Und dass man ihn in Papas Wohnung findet. Also hält er ihn dort gefangen. Da müssen wir ihn.«

»Alles klar«, sage ich und stapfe entschlossen los. »Mir nach!«

Erfolgreiche Jagd

»Und jetzt?«, fragt Gustav.

»Keine Ahnung«, sage ich. »Den Aufzug können wir jedenfalls vergessen.«

»Wo ist denn Papas Wohnung?«, will Lilly wissen. »Ich war da noch nie drin.«

Mein entschlossenes Stapfen endete sehr abrupt, als wir um die Ecke zum Aufzug bogen. Überall wuselten Dämonen herum und vor der Tür zum Fahrstuhl waren sogar drei Wachdämonen postiert. Zum Glück konnten wir schnell in einen leer stehenden Raum schlüpfen, bevor uns jemand entdeckt hat. Hier kauern wir jetzt hinter der Tür und spähen vorsichtig in den Gang, in der Hoffnung, dass sich der Trubel wieder legt.

»Ganz unten«, beantworte ich Lillys Frage. »Noch unter der Chefetage.«

»Und wie sollen wir da hinkommen, wenn wir nicht den Aufzug nehmen können?«, fragt Gustav.

»Wir werden wohl laufen müssen«, sagt Lilly und wendet sich an mich. »Kennst du den Weg?«

»Nein, leider nicht«, antworte ich. »Aber Cornibus vielleicht.«

Ich sehe ihn fragend an.

»Cornibus, weißt du, wie wir von hier aus runter zu Papa kommen?«

»Cornibus weiß. Aber Weg lang. Und schwerwierig. Viel kleckern. Hoch und tief.«

»Kleckern?«, wundert sich Gustav.

»Klettern«, sage ich. »Er meint klettern.«

»Ach so«, sagt Gustav. »Kein Problem. Klettern kann ich gut. Das hat mir mein Vater beigebracht.«

»Okay«, sagt Lilly. »Dann machen wir das. Zeig uns den Weg, Cornibus.«

Wir warten noch, bis draußen die Luft einigermaßen rein ist, dann schlüpfen wir auf den Gang. Cornibus verwandelt sich in einen Spürhund und flitzt vor uns den Flur entlang. Irgendwann bleibt er vor einer Tür stehen und bellt kurz.

»Runter hier«, sagt er. »Fackel nehmen. Cornibus kein Licht. Cornibus Affe. Affe kleckern Cornibus Spaß.«

»Alles klar«, sage ich.

Wir schnappen uns jeder eine Fackel von der Wand und öffnen die Tür. Dahinter befindet sich eine Rolltreppe.

»Wir haben eine Rolltreppe hier unten?«, sage ich verwundert. »Das wusste ich noch gar nicht.«

»Trolltreppe neu. Cornibus auch nicht wussten.«

»Cool!«, sagt Lilly. »Dann müssen wir ja doch nicht klettern und sind schneller unten.«

Wir stellen uns nacheinander auf die Rolltreppe und es geht abwärts.

»Die hat bestimmt Steven gebaut«, sage ich irgendwann seufzend.

Ich kann es immer noch nicht fassen, dass Azrael ihn pulverisiert hat und ich ihn nie wiedersehen werde. Steven war der beste Assistent, den Papa je hatte. Er hat mir ganz viel beigebracht, über Computer und Technik und alles Mögliche. Ein dicker Kloß breitet sich in meinem Hals aus. Hier unten kann ich ja nicht weinen, aber wenn ich wieder oben bin, werden die Tränen ganz sicher fließen. Vorausgesetzt, wir kommen überhaupt wieder nach oben. Azrael scheint viel stärker zu sein als beim letzten Mal, es wird alles andere als leicht, ihn zu besiegen.

»Wow!«, sagt Gustav, nachdem wir schon eine ganze Weile bergab gefahren sind. »Auf so einer langen Rolltreppe war ich noch nie. Die hört ja gar nicht mehr auf.«

Das stimmt, sie ist ganz schön lang. Zumindest viel länger als die Rolltreppen in diesem Kaufhaus in Paris, in dem wir waren. Das Ende ist auch nicht abzusehen – das Licht unserer Fackeln scheint nicht weit genug nach unten.

Cornibus verwandelt sich in einen Orang-Utan und turnt kreuz und quer auf den Handläufen und unseren Köpfen herum.

»Nicht so wild, Cornibus!«, sage ich warnend. »Wenn hier einer runterfällt, fallen wir alle.«

»Äh … apropos fallen«, sagt Lilly, die ganz vorne steht. »Ich fürchte, wir haben ein Problem, Jungs. Ein sehr großes Problem sogar! Guckt mal nach unten!«

Sie streckt ihre Fackel so weit es geht nach vorne. Oh. Jetzt ist das Ende der Rolltreppe zu sehen. Und es führt direkt in einen Abgrund!

»ZURÜCK!«, ruft Lilly. »WIR MÜSSEN UMDREHEN, SONST STÜRZEN WIR AB!«

Wir drehen uns alle drei um und laufen zurück nach oben, kommen dabei allerdings so gut wie gar nicht voran, weil die Stufen ja unaufhörlich weiter nach unten fahren.

»Kann man das Ding nicht irgendwie abschalten?«, ruft Gustav keuchend. »Das halte ich nicht mehr lange durch!«

»CORNIBUS!«, ruft Lilly. »GUCK MAL, OB DA UNTEN IRGENDWO EIN KNOPF IST!«

Cornibus schwingt sich blitzschnell nach unten.

»Klopf hier!«, ruft er uns zu. »Rot!«

»DAS IST BESTIMMT DER NOTAUSSCHALTER!«, schreit Lilly. »ROLLTREPPEN HABEN IMMER EINEN NOTAUSSCHALTER!«

»DRÜCK DRAUF, CORNIBUS!«, rufe ich. »SCHNELL!«

Ein laut piependes Geräusch ertönt und … die Rolltreppe läuft plötzlich schneller!

»VERDAMMT!«, schreit Lilly. »DAS WAR NICHT DER RICHTIGE KNOPF!«

Wir versuchen, schneller zu laufen, aber das Ende der Rolltreppe kommt von hinten immer näher auf uns zu.

»Cornibus noch mal Klopf drücken?«

»NEIN!«, rufe ich. »AUF KEINEN FALL!«

»Ich … kann … nicht … mehr!«, ruft Gustav ächzend.

Der Abgrund rückt näher und näher.

»JETZT HILFT NUR NOCH EINS!«, schreit Lilly. »ABSPRINGEN!«

Ich drehe mich um und sehe, wie Lilly nach links über den Handlauf hechtet. Im nächsten Augenblick ist sie aus meinem Sichtfeld verschwunden.

»WORAUF WARTET IHR NOCH?«, ertönt ihre Stimme von links unter uns. »SPRINGT!«

Gustav und ich springen gleichzeitig ab. Wir landen zwischen Felswand und Rolltreppe auf einem kleinen Streifen Boden. Es geht bergab, wir überschlagen uns zweimal und rutschen auf das Ende der Rolltreppe und somit den Abgrund zu. Gustav versucht, mit den Füßen abzubremsen, ich mache es ihm nach. Wir werden langsamer, der Abgrund kommt trotzdem immer näher. Uff, es hat gereicht, wir sind kurz vor der Kante zum Stillstand gekommen.

»Alles okay bei euch?«, ruft Lilly von weiter oben.

»Ja«, antworte ich.

»Bin gleich bei euch!«, sagt Lilly.

Sie sammelt die Fackeln ein, die wir im Springen weggeworfen haben, und rutscht auf dem Hosenboden zu uns herunter.

»Das war ganz schön knapp«, sagt sie und krabbelt vorsichtig nach vorne an die Kante.

Sie legt sich flach auf den Boden und leuchtet mit einer Fackel nach unten. Wir legen uns neben sie.

»So tief ist das gar nicht«, stellt Lilly fest. »Man kann immerhin den Boden sehen.«

»Zwanzig Meter, schätze ich«, sagt Gustav.

»Das ist immer noch ganz schön tief«, sage ich. »Oder hoch. Wie kommen wir da runter?«

»Wir kleckern«, sagt Gustav grinsend.

Er schnappt sich eine der Fackeln und lässt sie fallen. Sie springt auf dem Weg nach unten ein paarmal an Felsvorsprüngen ab und landet schließlich auf dem Boden.

»So sehen wir, wo wir entlangklettern müssen«, sagt Gustav. »Ich sehe schon eine geeignete Route. Am besten, ich klettere vor. Ihr folgt genau meinen Schritten und Griffen, dann sollte das kein Problem sein.«

»Alles klar«, sagt Lilly.

Alles klar? Bei mir nicht so. Ich meine, ich weiß zwar, dass mir nichts passieren kann, selbst wenn ich abstürze. Aber ein mulmiges Gefühl habe ich trotzdem. Aaron ist schon in einen Abgrund gestürzt und ich möchte auf keinen Fall, dass Gustav etwas Ähnliches passiert.

»Sei bitte vorsichtig!«, sage ich deshalb, während ich dabei zugucke, wie Gustav rückwärts über die Kante verschwindet. Lilly folgt ihm, dann ich, bis wir alle drei übereinander in der Wand hängen.

Cornibus turnt währenddessen äußerst geschickt als Orang-Utan neben, über oder unter uns durch die Wand und scheint viel Spaß dabei zu haben.

»Luzie, guck!«, ruft er mir zu, während er kopfüber von einem Vorsprung zum nächsten durch die Luft saust. »Cornibus Falto!«

»Das heißt Salto, Cornibus«, verbessere ich ihn. »Und ich kann gerade nicht gucken – ich muss mich konzentrieren, nicht abzustürzen.«

Wir kommen ganz gut voran. Als wir ungefähr die Hälfte geschafft haben, lässt uns eine kratzig klingende Stimme von oben kurz erschreckt zusammenzucken.

»ACHTUNG! ACHTUNG! DIES IST EINE HÖLLISCH WICHTIGE DURCHSAGE!«

Azrael. Hier muss irgendwo ein Lautsprecher der Sprechanlage hängen, wahrscheinlich oben bei der Rolltreppe. Wir halten inne und hören zu.

»HIER SPRICHT EUER UNVERGLEICHLICH FANTASTISCHER NEUER HERRSCHER! DIESE NACHRICHT GEHT AN EUCH ALLE, ABER GANZ BESONDERS AN DIE KINDER EURES UNVERGLEICHLICH BLÖDEN EHEMALIGEN HERRSCHERS! LUZIE, LILLY UND WIE AUCH IMMER EUER MICKRIGER MENSCHLING HEISST: EURE FRIST IST ABGELAUFEN!«

»Gustav«, knurrt Gustav angesäuert. »Ich heiße Gustav, du blöder Mistkerl.«

»DAS BEDEUTET FÜR ALLE ANDEREN: DIE JAGD IST ERÖFFNET! BRINGT MIR DIE KÖPFE DIESER SCHÄNDLICHEN VERRÄTER!«

»Verräter?«, brummt Lilly. »Wieso denn Verräter? Wen haben wir denn verraten? Das ist doch glatt gelogen.«

»Natürlich lügt er«, sagt Gustav. »Alle Herrscher lügen, um das zu erreichen, was sie wollen.«

Echt? Ist das so? Könnte sein, Papa lügt auch ziemlich viel.

»WOBEI, NEIN, DAS WAR JETZT VIELLEICHT MISSVERSTÄNDLICH AUSGEDRÜCKT!«, fährt Azrael fort. »ICH MEINTE NICHT NUR DIE KÖPFE! ALSO, DIE KÖPFE WILL ICH SCHON! SIE SOLLTEN ABER NOCH AN DEN KÖRPERN DRAN SEIN! WENN DA EIN ARM ODER EIN BEIN FEHLT, IST ES NICHT SCHLIMM! ABER SIE SOLLTEN NOCH HÖREN UND SEHEN UND SCHREIEN KÖNNEN, WENN ICH SIE HÖCHSTPERSÖNLICH ENDGÜLTIG ERLEDIGE! HABT IHR DAS VERSTANDEN? DEN SONDERURLAUB GIBT ES NUR, WENN ICH SIE

NOCH ORDENTLICH QUÄLEN KANN! ZUMINDEST LUZIE UND LILLY! MIT DEM MICKRIGEN MENSCHLING KÖNNT IHR MACHEN, WAS IHR WOLLT!«

»Na, vielen Dank auch«, brummt Gustav.

»Keine Sorge«, sage ich. »Wir werden uns darum kümmern, dass dir nichts passiert.«

»Genau«, stimmt Lilly mir zu. »Und wenn wir diesen Mistkerl erst besiegt haben, sorge *ich* gern dafür, dass du ihm höchstpersönlich in seinen mickrigen Hintern treten darfst.«

»ALSO, MEINE LIEBEN HÖLLISCHEN UNTERTANEN: ICH WÜNSCHE EUCH EINE ERFOLGREICHE JAGD! BEEILT EUCH! ICH MÖCHTE GERN, DASS LUZIFER NOCH MITERLEBT, WIE ICH SEINE BRUT VERNICHTE! SEHR LANG HÄLT ER ABER NICHT MEHR DURCH, FÜRCHTE ICH! NICHT WAHR, BRUDERHERZ?«

Ein herzzerreißendes, gequältes Stöhnen klingt aus dem Lautsprecher.

»WAREN DAS ETWA DEINE LETZTEN WORTE? MEHR HAST DU NCHT ZU SAGEN?«, sagt Azrael und lacht dreckig. »ENDE DER DURCHSAGE!«

»Das war Papa«, sage ich entsetzt.

»Ja«, bestätigt Lilly und wirft mir einen sorgenvollen Blick zu. »Wir müssen uns beeilen.«

Wir klettern weiter zügig, aber vorsichtig die Felswand hinunter. Als wir unten angekommen sind, folgen wir dem Weg bergab. Wir laufen durch eine Art kleine Schlucht, links und rechts von uns ragen hohe Felswände empor. Als wir schon eine ganze Weile gelaufen sind, höre ich plötzlich ein leises Poltern von oben.

»Was ist das?«, wundere ich mich und strecke meine Fackel in die Höhe. »Hört ihr das auch?«

»Ja«, sagt Lilly. »Das klingt wie …«

»EINE LAWINE!«, schreit Gustav. »DAS IST EINE GERÖLLLAWINE! DRÜCKT EUCH GANZ FLACH AN DIE WAND! SCHNELL!«

Noch bevor wir es schaffen, uns an die Wand zu pressen, prasseln bereits Felsbrocken um uns herum auf den Boden. Lilly steht direkt neben mir, Gustav ist auf die gegenüberliegende Seite gehechtet. Das Gepolter wird immer lauter und die Felsbrocken größer, eine riesige Staubwolke breitet sich um uns herum aus und nimmt uns jede Sicht. Es rumpelt eine gefühlte Ewigkeit, einige Brocken landen direkt vor unseren Füßen, irgendwann hört es aber zum Glück auf. Als sich die Staubwolke langsam legt, blicken wir auf eine Wand aus Geröll, die ungefähr dreimal so hoch ist, wie wir groß sind.

»Puh, das war knapp«, sagt Lilly.

»Gustav, alles klar bei dir?«, rufe ich, kriege aber keine Antwort.

»Gustav?«, ruft Lilly etwas lauter, immer noch keine Reaktion.

Mein Herzschlag erhöht sich ruckartig.

»Gustav!«, rufe ich. »Halt durch! Wir kommen zu dir!«

Wir müssen über ein paar Felsbrocken klettern, um auf den freien Teil des Wegs und somit auf die andere Seite der Schlucht zu gelangen. Der Weg zu dem Punkt, an dem wir Gustav zum letzten Mal gesehen haben, ist komplett verschüttet.

Nein, das kann nicht sein. Das darf einfach nicht sein. Erst Aaron, dann Steven … Wenn Gustav jetzt auch noch …

»GUSTAV?«, rufe ich panisch. »GUSTAV, BIST DU DA IRGENDWO? KANNST DU UNS HÖREN?«

Keine Antwort. Ich klettere auf die Felsen, um näher an die Stelle zu kommen, an der er stand. Lilly folgt mir.

»GUSTAV?«, ruft sie jetzt auch. »GUUUUSTAAAAAV!«

»Er muss irgendwo da unten sein!«, sage ich. »Vielleicht ist er ohnmächtig!«

Wir räumen ein paar kleinere Felsbrocken aus dem Weg, kommen aber nicht weit, der Rest ist zu groß und zu schwer, das schaffen wir nicht.

»Da unten!«, sagt Lilly aufgeregt. »Ich glaube, ich sehe ihn!«

Sie quetscht sich zwischen zwei großen Felsbrocken hindurch nach unten und verschwindet aus meinem Sichtfeld.

Ich klettere zu der Spalte, in der sie verschwunden ist, und leuchte mit meiner Fackel hinein. Lilly ist ziemlich weit unten, ich kann nur ihre Beine und ihren Hintern sehen.

»Ist er da?«, rufe ich nervös. »Hast du ihn? Geht es ihm gut?«

»Ja … nein … warte«, antwortet Lilly. »Du musst mir raushelfen. Kommst du an meine Beine?«

Ich krabble mit dem Kopf voran in die Spalte, bis ich Lillys Beine greifen kann.

»Zieh mich hoch!«, sagt sie.

Ich ziehe mit aller Kraft und kriege sie langsam, aber sicher aus der Spalte heraus. Als Letztes kommen ihre Hände zum Vorschein und in der linken hält sie etwas – es ist einer von Gustavs Schuhen.

»Ich dachte zuerst, das wäre Gustav«, sagt sie seufzend. »Aber es war nur sein Schuh. Das ist kein gutes Zeichen.«

»Doch, das ist es!«, erwidere ich. »Wenn Gustav noch an dem Schuh dran gewesen wäre, wäre er höchstwahrscheinlich nicht mehr am Leben. Aber so steckt er vielleicht doch noch irgendwo da unten in irgendeinem Hohlraum. CORNIBUS? BIST DU DA?«

»Cornibus hier«, erklingt seine Stimme unten vom Rand der Felsbrocken.

Ich klettere schnell hinab, sehe ihn aber nicht.

»Wo? Wo bist du denn?«, frage ich.

»Cornibus unter Stein«, antwortet er und ich kann seine Stimme lokalisieren.

Ich pflücke einen kleinen Haufen mittelgroßer Steine auseinander und finde darunter eine Schildkröte mit zwei kleinen Hörnchen.

»Da bist du ja!«, sage ich erleichtert. »Ganz kurz dachte ich, dir wäre vielleicht auch etwas passiert.«

»Steinregen vorbei?«, fragt Cornibus. »Cornibus überrascht. Schnell in Schildkröte verwandelt. Nix passiert. Schildkröte Pranzer. Pranzer hart wie Steine.«

»Panzer«, verbessere ich ihn. »Das heißt Panzer. Und das war sehr schlau von dir. Ich wünschte, Gustav hätte auch einen Panzer. Komm, du musst uns helfen, ihn zu finden!«

Ich schnappe mir die Schildkröte und kehre zu Lilly und der Spalte zurück.

»Kannst du dich in etwas Kleines, Wendiges, Flinkes verwandeln?«, frage ich Cornibus. »Du musst runter und Gustav suchen, er muss da irgendwo sein.«

Cornibus verwandelt sich in einen kleinen Marder.

»Perfekt!«, sage ich. »Und jetzt …«

Weiter komme ich nicht, denn ein schrecklich lautes Geheul übertönt mich. Es kommt von der anderen Seite des Geröllbergs.

»Was ist das?«, will Lilly wissen. »Klingt ja grauenhaft.«

Ja, das soll es auch. Ich kenne dieses Geräusch – es ist das Kampfgeheul einer Meute Jagddämonen mitsamt ihren Höllenhunden. Normalerweise jagen sie hier unten Ausbrecher. Ich fürchte, heute sind wir die Beute.

»Das sind Jagddämonen«, antworte ich Lilly. »Und ich fürchte, sie sind hinter uns her.«

Das Geheul wird lauter, sie kommen offenbar näher.

»Dann müssen wir abhauen!«, sagt Lilly.

Sie springt von dem Geröllhaufen runter auf den Weg,

»Los, komm schon!«, fordert sie mich auf.

»Aber wir können doch Gustav nicht so einfach hierlassen!«, erwidere ich.

»Wir wissen doch gar nicht, ob er noch lebt!«, sagt Lilly. »Jetzt geht es erst mal darum, unsere eigene Haut zu retten!«

»Natürlich lebt er noch! Er liegt irgendwo da unten und braucht wahrscheinlich unsere Hilfe!«

»Und wie sollen wir ihm helfen, wenn diese Typen uns schnappen? Wir müssen hier schleunigst verschwinden!«

Das Geheul wird noch lauter. Wir schauen beide nach oben zum Gipfel des Geröllhaufens und sehen die ersten Höllenhunde, die sofort laut anschlagen, als sie uns entdecken.

»LUZIE! KOMM!«, drängt Lilly.

Ich bin hin- und hergerissen. Natürlich hat sie recht, wir dürfen uns nicht schnappen lassen. Aber ich kann doch Gustav nicht so einfach da unten liegen lassen.

Der erste Jagddämon taucht oben an der Kuppe auf.

»DA UNTEN SIND SIE!«, ruft er und zeigt auf uns. »GLEICH HABEN WIR DIE VERRÄTER!«

»LUZIE!«, drängt Lilly von unten.

Ja … nein … Gustav … verdammt! Ich schnappe mir Cornibus, springe zu Lilly nach unten und wir rennen los.

Eine Brücke

Wir rennen. Und rennen. Und rennen. So viel bin ich in meinem ganzen Leben noch nicht gerannt. Oben wäre ich schon längst keuchend zusammengebrochen, aber hier unten macht mir das zum Glück körperlich nichts aus – unseren Jägern leider auch nicht. Sie sind uns die ganze Zeit über dicht auf den Fersen, manchmal kann ich sogar den heißen Atem der Höllenhunde an meiner Wade spüren. Wo genau wir gerade sind, weiß ich nicht, wir rennen einfach immer weiter, die meiste Zeit geht es bergab. Lilly ist vor mir, sie sieht sich immer wieder panisch um. Plötzlich bleibt sie stehen.

»MIST, VERDAMMTER!«, flucht sie.

»Was ist denn?«, frage ich. »Wieso bleibst du stehen? Die sind keine hundert Meter hinter uns!«

»Da ist ein Loch!«, sagt Lilly und zeigt vor sich auf den Boden. »Ein sehr großes Loch!«

Tatsache. Wir stehen vor einem Krater. Und die andere Seite ist zu weit entfernt, um rüberzuspringen.

»Was machen wir denn jetzt?«, frage ich verzweifelt,

während ich die Jagddämonen hinter mir näher kommen höre.

»JETZT HABEN WIR SIE!«, ruft einer von ihnen.

Wir drehen uns um. Es sind sechs von ihnen, ihre Hunde sind in einer Reihe nur wenige Meter vor uns stehen geblieben und knurren uns mit gefletschten Zähnen an.

»IHR HABT KEINE CHANCE!«, sagt einer der Dämonen. »ERGEBT EUCH!«

Ich fürchte, er hat recht. Unser Fluchtweg ist abgeschnitten und gegen diese Typen und ihre Hunde kommen wir nicht an. Ich spüre, wie Lilly nach meiner Hand greift.

»Vertraust du mir?«, fragt sie so leise, dass nur ich sie hören kann.

»Was?«, antworte ich verwundert, weil ich mit dieser Frage gerade so überhaupt nicht gerechnet habe. »Klar vertraue ich dir. Du bist meine Schwester. Wieso fragst …«

»Dann lass uns springen«, flüstert sie.

»Springen?«, erwidere ich. »Wie, springen? Da rüber? Aber das schaffen wir doch n…!«

»Vertrau mir«, sagt sie. »Wenn ich deine Hand loslasse, drehen wir uns um und springen.«

»Was? Aber …«, erwidere ich, aber da lässt sie schon meine Hand los.

Wir drehen uns gleichzeitig um, Lilly schnappt sich meine andere Hand und wir springen. Unser Schwung reicht noch nicht einmal bis zur Hälfte des Lochs. Na gut, dann stürzen wir eben ab, so langsam kann mich nichts mehr erschüttern. Aber plötzlich fährt wieder dieser fiese Schmerz in meinen Kopf und blaue Blitze schießen aus unseren Händen. Sie umschließen uns wie ein Ballon, tragen uns auf die andere Seite und lassen uns

dort auf den Boden purzeln. Okay, so was Ähnliches ist schon mal passiert, als wir zum ersten Mal zusammen durch dieses Loch bei Yetinnitus in die Hölle gefallen sind, aber damit gerechnet hätte ich jetzt nun wirklich nicht.

»Au, verflucht!«, sagt Lilly und greift sich an die Schläfe. »Was sind das bloß für seltsame Schmerzen? Hattest du das eben auch wieder?«

»Ja«, antworte ich. »Die sind echt fies. Woher wusstest du, dass uns die Blitze rübertragen würden?«

»Ich wusste es nicht«, sagt Lilly. »Ich habe es nur gehofft.«

»Na super«, stöhne ich.

»Was denn? Hat doch geklappt«, erwidert Lilly grinsend.

Wir rappeln uns auf und schauen zu den Jagddämonen auf der anderen Seite.

»Tja, das war wohl nix!«, ruft Lilly ihnen zu. »Um uns zu schnappen, müsst ihr schon früher aufstehen!«

Lilly hält ihnen beide Fäuste entgegen, vergisst dabei aber, die Mittelfinger mit einzuschließen. Ich weiß zwar nicht, was das bedeutet, aber ich mache es ihr nach.

Die Jagddämonen bilden einen Kreis und fangen an zu tuscheln. Dann legt sich einer von ihnen flach auf den Boden, Arme und Beine von sich gestreckt. Die anderen schnappen sich seine Gliedmaßen und ziehen in entgegengesetzten Richtungen daran – der Typ wird immer länger.

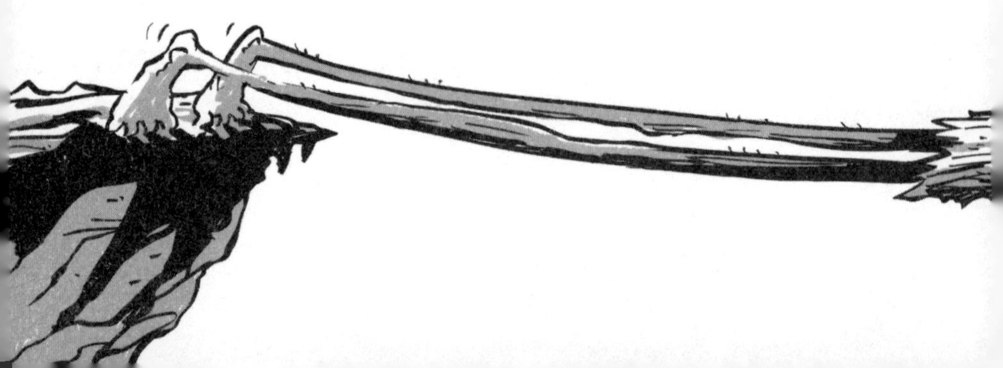

»Hä?«, wundert sich Lilly. »Was soll denn das jetzt werden?«

»O-oh«, sage ich. »Ich fürchte, ich weiß es. Jagddämonen sind äußerst geschickt, wenn es darum geht, jemanden zu verfolgen. Das Wort ›Hindernis‹ existiert für sie quasi nicht.«

»Ja und?«, erwidert Lilly. »Was hat das mit dem armen Kerl zu tun, an dem sie da rumzerren?«

»Sie zerren nicht einfach nur an ihm rum«, erkläre ich. »Sie machen eine Brücke aus ihm. Eine Brücke über den Krater.«

»Was? Wie soll das denn gehen?«, fragt Lilly verwundert.

»Das wirst du gleich sehen«, sage ich.

Der Dämon ist mittlerweile schon sehr lang. Die anderen hören auf, an ihm zu ziehen, und tragen ihn an den Rand des Kraters. Dort richten sie ihn auf und lassen ihn schließlich nach vorne kippen. Er streckt seine Arme aus und landet mit den Händen genau am ande-

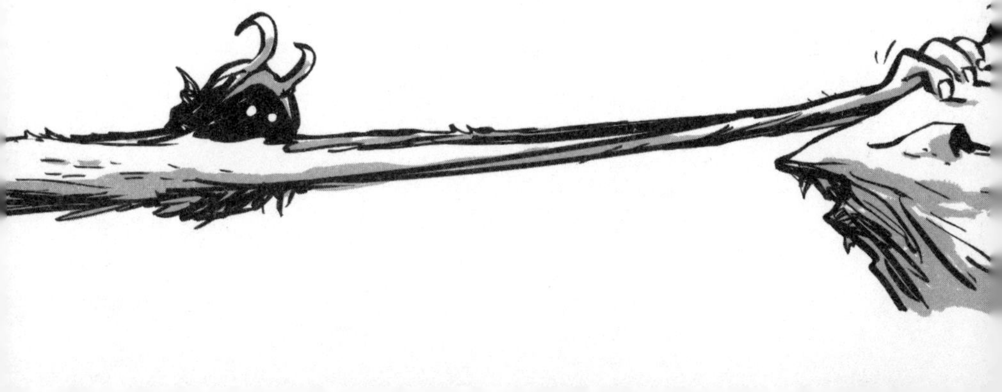

ren Ende des Kraters, wo er sich in der Erde festkrallt. Einer seiner Kollegen setzt vorsichtig den Fuß auf die lebende Brücke und beginnt, sie mit kleinen Schritten langsam zu überqueren.

»Okay«, sagt Lilly. »Die sind ja echt abgefahren. Und wir sollten wohl besser abhauen.«

Ja, das sollten wir. Es wird zwar noch einen Moment dauern, bis alle die Brücke überquert haben, aber ein Vorsprung kann sicher nicht schaden. Wir rennen los.

Leider hält unser Vorsprung nicht lang, nach ein paar Minuten spüre ich schon fast wieder den Atem der Höllenhunde hinter uns.

Der Gang, in dem wir uns mittlerweile befinden, führt scharf links um eine Ecke. Wir biegen ab, als sich plötzlich direkt vor uns eine Tür öffnet, Lilly rennt beinahe dagegen. Aus der Tür schießen zwei Arme, wir werden beide gepackt und nach drinnen gezogen. Schneller, als ich gucken kann, löscht jemand unsere Fackeln, jetzt ist es stockdunkel.

»Was soll …«, versuche ich zu sagen, aber eine Hand drückt sich fest auf meinen Mund.

»Psssst!«, zischt eine Stimme. »Kein Ton! Jagddämonen haben ein sehr feines Gehör.«

Okay, wer auch immer das ist, er versucht uns offenbar zu beschützen. Irgendetwas an dieser Stimme kommt mir bekannt vor.

»Grrrrrrrrrr!«, knurrt es aus meiner Jackentasche.

Das ist Cornibus, er steckt immer noch als Marder dadrin. Und irgendetwas scheint ihm nicht zu gefallen.

»Cornibus! Still!«, befiehlt die Stimme.

Oh, er kennt Cornibus? Dann kennt er mich also auch ganz sicher. Und ich ihn. Aber ich komme nicht drauf.

Wir hören Schritte und Hundeknurren auf dem Gang. Das sind unsere Verfolger. Die Geräusche entfernen sich genauso schnell, wie sie gekommen sind. Uff! Sie haben uns nicht gewittert und sind weitergelaufen.

Die Hand löst sich von meinem Mund.

»Sie sind weg«, sagt die Stimme. »Aber lasst uns lieber noch leise sprechen.«

»Danke für die Rettung«, höre ich Lilly flüstern.

»Sehr gern«, sagt die Stimme. »Sie hätten euch mit Sicherheit demnächst erwischt. In dieser Gegend gibt es kaum Versteckmöglichkeiten.«

»Wer … wer bist du?«, will ich wissen.

»Was denn?«, erwidert die Stimme. »Erkennst du mich nicht? Ich bin's!«

Eine kleine Flamme taucht plötzlich neben meinem Gesicht auf, sie flackert aus einem Daumen empor. Ich bin kurz geblendet, dann sehe ich, zu wem dieser Daumen gehört. Meine Überraschung könnte nicht größer sein – es ist Fluxus!

»Moment mal, den kenn ich doch«, sagt Lilly. »Ist das

nicht dieser Mistkerl, der uns beim letzten Mal an Azrael verraten hat?«

Genau das ist der. Er war vorher Papas Mann für die Logistik hier unten. Ich mochte ihn immer sehr gern – bis er uns eben ohne jeden Skrupel an Azrael ausgeliefert hat. Von daher bin ich mir gerade sehr unsicher, ob ich mich darüber freuen soll, dass er uns geholfen hat, oder nicht.

»Fluxus«, sage ich skeptisch. »Was machst *du* denn hier? Solltest du nicht in der Cafeteria sein und zerbrochenes Geschirr zusammenkleben?«

Das war zumindest die Strafe, zu der Papa ihn nach seinem Verrat verdonnert hat.

»Na ja«, sagt Fluxus. »Das hatte sich ja zum Glück erledigt, als Azrael wieder die Macht übernommen hat.«

»Gut für dich«, brumme ich. »Und warum bist du jetzt nicht bei ihm und leckst ihm die Stiefel? Das kannst du doch so gut.«

»Ganz ehrlich? Ich hatte tatsächlich auf einen Posten an seiner Seite gehofft«, erklärt Fluxus. »Aber er hat mich davongejagt, weil er keine Verräter in seinen Reihen duldet.«

»Dann ist er doch klüger, als ich dachte«, sage ich.

»Lass mich raten«, knurrt Lilly. »Jetzt willst du dich wieder bei ihm einschleimen, indem du uns an ihn auslieferst. Du ganz allein. Ohne irgendwelche Jagddämonen. Nur deshalb hast du uns gerade geholfen.«

»Stimmt, das wäre *eine* Möglichkeit«, sagt Fluxus. »*Oder* ich helfe euch, Luzifer zu befreien und Azrael zu stürzen, damit euer Vater mir hoffentlich verzeiht und mir meinen alten Job zurückgibt.«

»Ja, genau!«, sage ich höhnisch lachend. »Weil Papa ja auch überall für seinen verzeihenden Charakter bekannt ist!«

»Ich möchte es wenigstens versuchen«, sagt Fluxus. »Es tut mir nämlich sehr leid, dass ich euch an Azrael ausgeliefert habe. Das war die wahrscheinlich schlechteste Entscheidung meines dämonischen Lebens. Das will ich wiedergutmachen. Unbedingt. Lasst mich euch helfen. Bitte.«

Lilly und ich sehen uns an. Ich weiß nicht. Kann ich

Fluxus so einfach wieder trauen? *Will* ich Fluxus so einfach wieder trauen? Jeder Fetzen Vernunft in mir sträubt sich dagegen. Was, wenn Lilly recht hat und er uns ein zweites Mal verrät? Früher hätte ich ihm so etwas nie zugetraut. Heute leider schon.

»Was meinst du?«, fragt mich Lilly. »Du kennst ihn besser.«

»Ja, das dachte ich auch mal«, sage ich seufzend. »Und ich wäre ganz schön dumm, wenn ich mich ein zweites Mal von ihm reinlegen lasse, oder?«

»Ich denke, deine Dummheit wäre dann das geringste unserer Probleme«, sagt Lilly und wendet sich an ihn. »Wie willst du uns überhaupt helfen?«

»Ich weiß, wo Azrael euren Vater gefangen hält«, sagt Fluxus.

»Das wissen wir auch«, erwidert Lilly. »Das allein ist noch lang keine Hilfe.«

»Ich kann euch so dort hinführen, dass ihr auf dem Weg nicht erwischt werdet«, sagt Fluxus. »Niemand kennt sich hier unten so gut aus wie ich.«

Lilly sieht mich fragend an.

»Das stimmt«, bestätige ich. »Fluxus war hier für die Logistik zuständig. Er hatte überall Lagerräume und kennt jeden Winkel der Hölle.«

»Und wer garantiert uns, dass du uns nicht wieder reinlegst?«, fragt Lilly.

»Ich«, antwortet Fluxus. »Ich garantiere euch das. Ihr könnt mir vertrauen.«

Können wir das? Genau das ist ja das Problem. Wie soll man jemandem vertrauen, der einen schon mal ganz übel verraten hat? Aber heißt es nicht auch immer, dass jeder eine zweite Chance verdient hat? Also, oben zumindest, hier unten nicht. Hier unten bedeutet eine zweite Chance, dass Papa dir den Kopf abreißt, wenn du etwas falsch gemacht hast.

»Ich kann das gerade überhaupt nicht einschätzen«, sagt Lilly. »Ich meine, wir können jede Hilfe gebrauchen. Und ohne Papa und die anderen haben wir sowieso keine Chance gegen Azrael. Was meinst du? Können wir ihm vertrauen?«

»Papa sagt immer, ich solle grundsätzlich niemandem vertrauen«, antworte ich seufzend. »Aber das hilft uns ja jetzt auch nicht weiter. Lass es uns zumindest versuchen.«

»Eine gute Entscheidung«, sagt Fluxus. »Ihr werdet es nicht bereuen, versprochen.«

Er zündet mit seinem Daumen unsere Fackeln wieder an und reicht sie uns.

»Dann lasst uns gleich aufbrechen«, sagt er. »Der Weg ist weit, wir müssen einige Umwege in Kauf nehmen, um nicht erwischt zu werden. Und achtet darauf, leise zu sein.«

Er öffnet eine Tür am anderen Ende des Raums, wir folgen ihm.

»Grrrrrrrr!«, ertönt es wieder aus meiner Tasche.

»Ich weiß, Cornibus«, sage ich leise seufzend. »Mir gefällt das auch nicht. Aber wir haben gerade keine andere Wahl.«

Keine Waschmaschinen

Wir folgen Fluxus durch alle möglichen Gänge, quetschen uns durch enge Felsspalten und klettern unzählige Steilwände hoch und runter. Der Weg scheint kein Ende zu nehmen und ich muss mir eingestehen, dass wir ohne Fluxus ziemlich verloren gewesen wären.

Irgendwann hält er an und wir bleiben hinter ihm stehen.

»So, wir sind da«, sagt er.

»Wie, da? Wo, da?«, frage ich. »Papa wird doch in seiner Wohnung gefangen gehalten. Das sieht hier aber nicht aus wie der Eingang zu seiner Wohnung.«

»Das ist richtig«, sagt Fluxus. »Wir könnten auch versuchen, uns durch den höchstwahrscheinlich schwer bewachten Eingang reinzukämpfen und dabei jede Menge Aufsehen zu erregen. Aber ich bin davon ausgegangen, dass wir das vermeiden und deshalb lieber meinen geheimen Hintereingang benutzen wollen.«

Er zwinkert uns zu und beginnt damit, an der Felswand vor uns herumzutasten.

»Wo ist denn … Hier müsste doch irgendwo …«, brabbelt er vor sich hin. »Das war doch … Ah, hier ist er ja!«

Er drückt mit der flachen Hand an eine Stelle der Wand und plötzlich bewegt sich ein türgroßes Stück des Felsens nach innen.

»Diesen Geheimgang habe ich höchstpersönlich selbst gebaut«, erklärt Fluxus. »Euer Vater hat manchmal frische Chilischoten zum Lutschen und andere Leckereien aus der Oberwelt bei mir bestellt und wollte nicht, dass Gabriel, der alte Sparteufel, es mitkriegt.«

»Ja, das klingt ganz nach Papa«, sage ich und wir folgen Fluxus in den Gang.

Es dauert nicht lang und wir erreichen eine kleine Wand aus Holz, Fluxus bleibt davor stehen.

»Ab hier sollten wir wieder so leise wie möglich sein«, sagt er und legt einen Finger auf den Mund. »Und macht die Fackeln aus.«

Wir löschen unsere Fackeln, jetzt verschafft nur noch Fluxus' Daumen ein bisschen Licht. Fluxus schiebt die Holzwand ein Stück zur Seite, wir schlüpfen nacheinander durch die Öffnung.

»Bäh!«, sagt Lilly leise und hält sich die Nase zu. »Wo sind wir denn hier gelandet? Das stinkt ja grauenvoll.«

»Echt? Ich rieche nichts Außergewöhnliches«, stelle ich fest.

Ich sehe mich im spärlichen Licht um. Wir sind in einer Art Mini-Zimmer aus Holz, das mit lauter Sachen aus Stoff vollgepackt ist.

»Wir befinden uns im Kleiderschrank eures Vaters«, flüstert Fluxus. »Es war meine Idee, den Ausgang hierhin zu legen. Niemand außer Luzifer hat hier Zugang.«

»Igitt«, sagt Lilly. »Sind das etwa alte Unterhosen, in denen wir gerade stehen?«

»Ganz sicher nicht«, erwidere ich. »In der Hölle gibt es keine Unterhosen. Bevor ich nach oben gekommen bin, wusste ich gar nicht, dass Unterhosen überhaupt existieren.«

»Äh … na ja«, sagt Fluxus. »Unterhosen waren auch etwas, das ich deinem Vater immer heimlich von oben mitbringen musste. Keine Ahnung, warum, aber er liebt diese Dinger. Und er findet es toll, dass er hier unten der Einzige ist, der sie trägt.«

»Wusste ich's doch«, sagt Lilly. »Den Geruch von dreckigen Unterhosen erkenne ich überall. Und das erklärt dann auch, wieso dich das nicht stört, Luzie. Hier stinkt's wie in *deinem* Kleiderschrank.«

Hrmpf. Das stimmt doch gar nicht. Meine Unterhosen stinken überhaupt nicht. Ich ziehe immer allerspätestens nach zwei Wochen eine neue an, meistens sogar nach einer. Und ich habe sogar schon mal eine Unterhose gewaschen. In der Waschmaschine. Jede Wette, Papa hat noch nie eine seiner Unterhosen gewaschen, hier unten gibt es nämlich keine Waschmaschinen. Außer in Abteilung 28, aber die sind immer belegt, weil da drin die Lausigen Lästerer zusammen mit fußballgroßen Morgensternen im Schleudergang gewaschen werden.

»Können wir dann bitte so schnell wie möglich hier raus?«, zischt Lilly. »Das ist echt nicht zum Aushalten.«

Fluxus öffnet vorsichtig die Flügeltür des Kleiderschranks und schiebt seinen Kopf nach draußen.

»Die Luft ist rein«, flüstert er.

»Das will ich hoffen«, knurrt Lilly. »Unreiner als hier drin kann sie jedenfalls nicht sein.«

Wir verlassen den Kleiderschrank und finden uns in Papas Schlafzimmer wieder. Oh, hier war ich ja ewig nicht mehr. Seit ich mein eigenes Zimmer gekriegt habe. Vorher habe ich auch hier gewohnt und manchmal durfte ich sogar bei Papa im Bett schlafen.

Nebenan ist das Wohnzimmer, die Tür steht einen Spalt offen, flackerndes Licht fällt hindurch und eine Stimme ist zu hören.

»Na, wie gefällt dir das, Bruderherz? Ein schönes Feuerchen, nicht wahr? Schön groß, wie du es magst.«

Das ist Azrael.

»Wer hätte gedacht, dass alte Schallplatten so gut brennen?«

Ein erstickter Schrei ist zu hören.

»Wie bitte? Ich kann dich nicht verstehen. Was sagst du? Ich soll die AC/DC-Platten auch noch drauflegen? Klar, mach ich, kein Problem.«

Und wieder ein erstickter Schrei, der sehr verzweifelt klingt.

Wir rücken an den Türspalt heran und werfen einen vorsichtigen Blick hindurch.

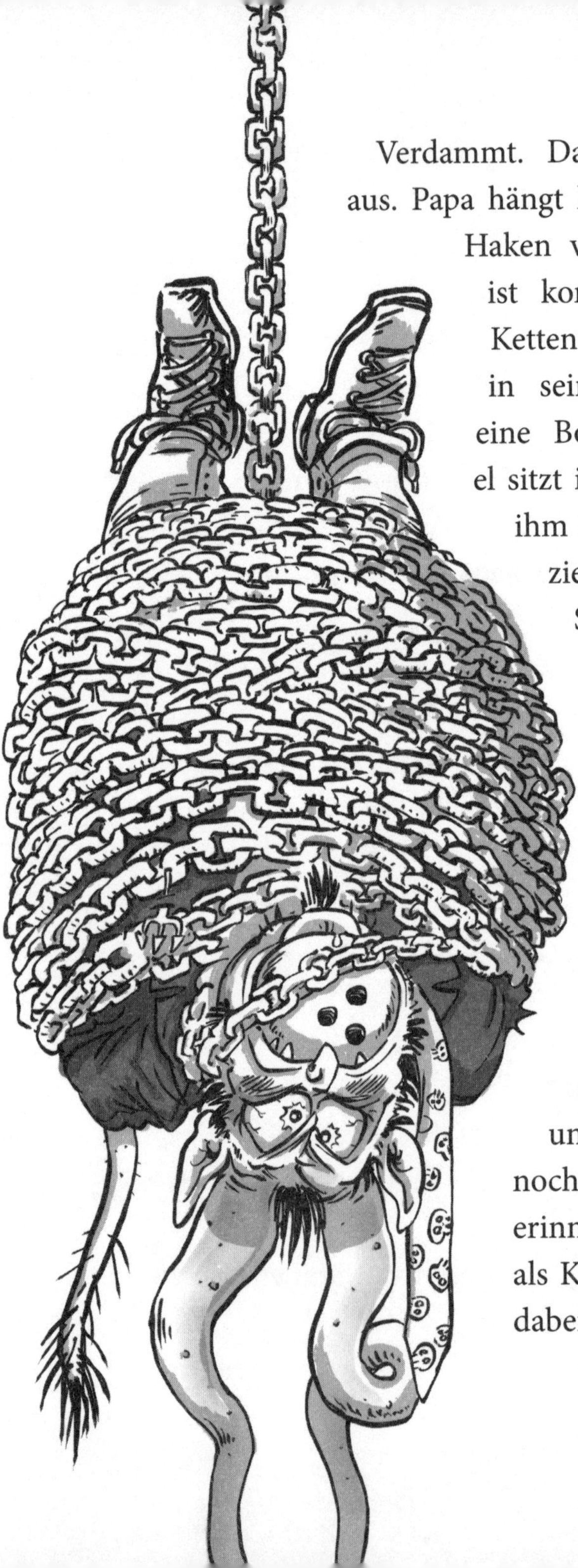

Verdammt. Das sieht nicht gut aus. Papa hängt kopfüber an einem Haken von der Decke. Er ist komplett mit dicken Ketten umwickelt und in seinem Mund steckt eine Bowlingkugel. Azrael sitzt in Papas Sessel, vor ihm lodert ein Feuer. Er zieht gerade ein paar Schallplatten aus dem Regal neben ihm und wirft sie ins Feuer. Dieser verfluchte Mistkerl. Die Schallplatten sind Papas ganzer Stolz und sein einziges Hobby. Er liebt diese alten Dinger und ich kann mich noch ganz genau daran erinnern, wie er sie mir als Kind vorgespielt und dabei mitgesungen hat.

Immer wenn er seine Schallplatten hört, ist er fröhlich – und das ist er sonst nicht oft. Ich kann mir gut vorstellen, wie weh ihm das gerade tun muss – es tut mir ja schon weh, dabei zuzugucken.

»Was machen wir denn jetzt?«, flüstere ich so leise wie möglich und schaue Fluxus an.

»Das darfst du mich nicht fragen«, flüstert er zurück. »Ich wollte euch nur sicher hierher bringen, und das habe ich gemacht. Ich dachte, den Rest erledigt ihr.«

Na super. Irgendwie hatte ich erwartet, dass er einen Plan hat, wie wir Azrael erledigen können. Ich sehe Lilly an, sie zuckt ratlos mit den Schultern.

»Weißt du was, Luzifer?«, hören wir Azrael sagen. »Irgendwie habe ich plötzlich Hunger. Muss an dem schönen Feuer liegen. Das schreit ja richtig nach einem saftigen Stück Fleisch, das auf ihm gebrutzelt wird. Hast du noch was Leckeres im Glühschrank? Wobei, nein, vergiss es! Wir brauchen nichts aus dem Glühschrank! Weißt du, worauf ich gerade so richtig Lust habe? Auf ein Paar schöner, saftiger Einhornschenkel! Hab ich nicht vorhin hier irgendwo eins rumlaufen gesehen? Ah, da ist es ja! Es hat sich hinter dem Fernseher versteckt!«

Oh nein! Er meint Fauxpas! Er will Papas Einhorn essen!

»Na, komm schon her, du köstlicher kleiner Racker!«, sagt Azrael und steht auf.

»MÄÄÄÄÄH!«, quiekt Fauxpas ängstlich.

Azrael versucht ihn zu schnappen, aber Fauxpas flitzt an ihm vorbei. Azrael jagt ihm kreuz und quer durchs Wohnzimmer hinterher. Fauxpas schlägt ganz viele Haken und flutscht immer wieder knapp durch Azraels Finger, aber irgendwann erwischen sie ihn doch.

»MÄÄÄÄH! MÄÄÄÄÄH! MÄÄÄÄÄH!«, meckert Fauxpas und versucht, sich freizustrampeln, leider ohne Erfolg.

»Ja, schimpf du nur«, sagt Azrael. »Das hilft dir jetzt auch nicht mehr. Wir brauchen nur noch etwas, womit wir dich … Ah, genau, das ist perfekt!«

Er nimmt einen Speer von Papas Wand.

»So, das ist doch der perfekte Grillspieß«, sagt er. »Mmmmh, mir läuft jetzt schon das Wasser im Mund zusammen. Dir bestimmt auch, Bruderherz, oder? Was möchtest du? Ein Stück Brust?«

Mein Vater versucht zu schreien, er dreht und windet sich, sein Kopf ist knallrot und seine Hörner reichen fast bis zum Boden. So wütend habe ich ihn noch nie gesehen. Und so verzweifelt auch nicht. Er tut mir total leid, wie er da hängt und offenbar überhaupt nichts machen kann. Ich aber auch nicht. Zumindest fällt mir nichts ein, ich bin wie gelähmt.

»Was sagst du?«, fragt Azrael ihn. »Doch lieber ein Stück Filet aus dem Rücken? Medium rare, nehme ich an? Kein Problem, kriegst du. Jetzt halt doch mal still, du dummes Ding, sonst kann ich dich nicht ordentlich aufspießen!«

Fauxpas wehrt sich immer noch mit Leibeskräften und versucht verzweifelt, sich aus Azraels Griff zu befreien. Azrael klemmt ihn fest unter seinem linken Arm ein. Dann hebt er den rechten Arm mit dem Speer in der Hand und …

»NEIN!«, schreit Lilly und stürzt in das Zimmer. »LASS IHN SOFORT LOS, DU VERDAMMTER MISTKERL!«

Genau das wollte ich auch gerade machen. Ich stürze ihr hinterher.

»DAS, WAS SIE GESAGT HAT!«, schreie ich und zeige auf Lilly. »NUR ZEHNMAL LAUTER!«

Azrael lässt den Arm mit dem Speer sinken. Er guckt ganz kurz überrascht, dann breitet sich sein Mund zu einem fiesen Grinsen aus.

»Oh, guck mal, Bruderherz!«, sagt er. »Wir haben Besuch! Die Kinder sind da! Und Fluxus! Der gute, alte Fluxus! Der euch wieder einmal verraten hat. Gut gemacht, Fluxus. Die Belohnung ist dir sicher.«

Verdammt, ich habe es geahnt! Diesem Mistkerl ist einfach nicht zu trauen.

»Was? Aber … nein!«, ruft Fluxus abwehrend. »Das stimmt doch gar nicht! Ich … ich habe euch nicht verraten! Das müsst ihr mir glauben! Das ist nicht wahr, Luzifer! Ich wollte ihnen nur helfen! Und das kann ich beweisen! Ich …«

Weiter kommt er nicht. Azrael schießt über den Speer ein paar schwarze Blitze auf ihn ab und er zerfällt zu Asche wie Steven.

»Lästig, diese Verräter, nicht wahr?«, sagt Azrael. »So jemanden möchte niemand in seiner Nähe haben.«

Hm. Das kommt mir jetzt aber schon komisch vor. Wieso pulverisiert er ihn, obwohl er ihm doch angeblich geholfen hat? Ob Fluxus vielleicht doch die Wahr-

heit gesagt hat? Azrael wendet sich mit einem breiten Lächeln an uns.

»Kinder! Das ist aber eine schöne Überraschung! Ihr habt heute Geburtstag, nicht wahr? Das ist aber lieb, dass ihr euren alten Onkel Azrael extra deshalb besucht! Bleibt ihr zum Essen? Ich weiß allerdings nicht, ob dieses Mini-Einhorn für alle reicht. Ach, egal, essen wir erst mal das, was da ist. Könntet ihr vielleicht noch ein paar Schallplatten ins Feuer werfen? Ich bereite solange schon mal den Spieß vor.«

Er fuchtelt mit der Speerspitze an Fauxpas' Hintern herum.

»DU SOLLST IHN LOSLASSEN, HAB ICH GESAGT!«, brüllt Lilly. »SOFORT!«

»Ach, stimmt ja, das hattest du gesagt«, erwidert Azrael. »Was du aber nicht gesagt hast, ist, was passiert, wenn ich ihn *nicht* loslasse. Du musst mir schon mit irgendwas drohen, sonst funktioniert das nicht.«

»WENN DU IHN NICHT LOSLÄSST, WIRST DU ES BITTER BEREUEN!«, schreit Lilly.

»Nein, nein, das ist zu ungenau«, sagt Azrael. »Das muss konkreter sein. Die Drohung ist nicht greifbar genug.«

»WENN DU IHN NICHT LOSLÄSST, REISSE ICH DIR DEINEN BLÖDEN KOPF AB UND STECKE IHN DIR IN DEINEN DÄMLICHEN HINTERN!«, schreit Lilly.

»Ja, das war schon nicht schlecht«, sagt Azrael. »Es gibt da nur ein Problem: Deine Drohung wirkt bei mir nicht, weil du nicht über die Macht verfügst, sie auszuführen. Im Gegensatz zu mir.«

Er streckt beide Arme nach vorne, schwarze Blitze schießen aus seinen Händen, sie treffen Lilly an der Brust, sie fliegt ein paar Meter rückwärts und kracht an die Wand. Sie landet auf dem Hosenboden und schüttelt sich.

»Lilly!«, rufe ich erschrocken. »Bist du okay?«

»Ja, alles in Ordnung«, brummt sie.

Ich atme erleichtert auf. Okay, immerhin ist Fauxpas jetzt frei, er flitzt an mir vorbei ins Schlafzimmer.

Azrael tritt auf Lilly zu und blickt triumphierend auf sie hinunter.

»Am effektivsten ist es übrigens, ganz ohne Drohungen zu arbeiten«, sagt er. »Dann hast du den Überraschungseffekt komplett auf deiner Seite. Ich könnte dir sehr viel darüber beibringen, wie man ein guter Teufel wird. Aber dafür müsstest du diesen Tag überleben, was leider nicht passieren wird. Sorry, dass es ausgerechnet dein Geburtstag sein wird, das ist leider dumm gelaufen.«

Mein Blick fällt auf Papas Dreizack, der seitlich am Fernseher lehnt.

»Die Frage ist nur, ob ich dich jetzt gleich erledige oder mir noch ein bisschen Zeit damit lasse«, sagt Azrael. »Hm, schwierige Entscheidung. Ich meine, ich habe ja zwei von euch. Wenn ich dich rein aus Spaß sofort kaltmache, ist immer noch dein Bruder übrig.«

Da Azrael gerade nur auf Lilly achtet, rücke ich möglichst unauffällig näher an den Dreizack heran.

»DU WIRST ÜBERHAUPT NIEMANDEN MEHR KALTMACHEN!«, schreit Lilly.

Sie schnellt nach oben und versucht, Azrael an die

Gurgel zu springen. Azrael weicht blitzschnell zwei Schritte zurück und lässt wieder schwarze Blitze aus seinen Händen schießen. Sie verwandeln sich noch in der Luft in Ketten und umwickeln Lilly komplett. Sie fällt wie ein Stein zu Boden und bleibt dort wie eine dicke Raupe zappelnd liegen.

»DU VERDAMMTER … DU MIESER …«, zetert Lilly. »LASS MICH SOFORT FREI!«

»Dich freilassen?«, erwidert Azrael lachend. »Nein, tut mir leid, das ist nun wirklich keine Option, dafür bist du zu wild. Die Frage ist nach wie vor, ob ich dich jetzt sofort oder erst später vor den Augen deines Vaters auslösche. Vielleicht sollten wir einfach ihn fragen?«

Er geht auf Papa zu, bis er direkt unter ihm steht. Die Hörner der beiden berühren sich fast, Papa schnaubt laut durch die Nase.

Ich rücke wieder ein Stück näher an den Dreizack heran – er ist jetzt in Reichweite.

»Hm, Bruderherz? Was sagst du?«, fragt Azrael grinsend. »Würdest du deiner geliebten Tochter lieber jetzt gleich oder doch etwas später beim Sterben zugucken?«

Papa versucht wieder zu schreien und er dreht und windet sich über Azraels Kopf wild hin und her. Ich bin mir sicher, wenn er könnte, würde er ihn sofort mit einem Happs abbeißen.

»Was sagst du?«, fragt Azrael grinsend. »Du kannst es kaum erwarten? Ich soll das jetzt sofort erledigen? Na gut, wie du willst. Für dich tue ich doch alles, Bruderherz.«

Okay, jetzt oder nie. Ich springe nach rechts und schnappe mir den Dreizack. Es ist eine Weile her, dass ich einen benutzt habe, aber er fühlt sich sofort vertraut an.

Papa hat mir von klein auf beigebracht, wie man mit einem Dreizack umgeht – mein erster eigener Dreizack war größer als ich selbst. Eine Zeit lang war ich sogar wie besessen von diesen Dingern und habe täglich damit geübt. In meinen besten Zeiten konnte ich einem Dämon den Hosenknopf abschießen, und zwar um zwei Ecken. Das würde ich heute sicher nicht mehr schaffen, aber das ist auch nicht nötig, mein Ziel liegt direkt vor mir. Auf Azrael zu schießen wäre wahrscheinlich sinnlos, das würde ihn höchstens kitzeln. Aber ich habe bereits ein anderes, hoffentlich wirkungsvolleres Ziel im Auge. Ich visiere es an und feuere eine Dreiersalve ab.

Die Feuerkugeln schlagen an der Decke rund um den Haken ein, an dem Papa hängt. Der Fels splittert, die Decke zerbröselt, der Haken löst sich und Papa kracht wie geplant direkt auf Azrael herunter und begräbt ihn unter sich.

»SUPER, LUZIE!«, jubelt Lilly. »MACH IHN FERTIG!«

Ein guter Plan. Aber wie? Weiter habe ich nicht gedacht.

Azrael liegt unter Papa, man sieht nur seine Arme und Beine links und rechts herausgucken. Er rührt sich nicht. Doch, jetzt zuckt seine rechte Hand. Und ein dumpfes Lachen ertönt.

»Netter Versuch, Luzie«, erklingt seine Stimme gedämpft unter Papa. »Aber du glaubst doch wohl nicht im Ernst, dass du mich mit so einem billigen Trick besiegen kannst.«

Schwarze Blitze schießen aus der Hand in meine Richtung, aber sie treffen mich nicht. Azrael sieht mich nicht, also kann er auch nicht zielen. Während weiter schwarze Blitze durch den Raum zucken, bewegt sich Papas Körper immer wieder ein Stück nach oben.

»DAS GEHT NICHT MEHR LANGE GUT!«, brülle ich Lilly zu. »ER WIRD SICH GLEICH BEFREIT HABEN! WAS MACHEN WIR DENN JETZT?«

»DU MUSST ABHAUEN, LUZIE!«, schreit Lilly. »LOS, VERSCHWINDE SCHNELL, BEVOR ER DICH ERWISCHT!«

»AUF KEINEN FALL!«, erwidere ich. »NICHT OHNE EUCH! ICH LASSE EUCH NICHT HIER ZURÜCK!«

»DOCH, DU MUSST DICH RETTEN, LUZIE!«, schreit Lilly. »HIER KANNST DU UNS NICHT HELFEN! BRING DICH IN SICHERHEIT! NIMM DEN GEHEIMGANG!«

Aber … aber das geht doch nicht! Ich kann doch Lilly und Papa nicht einfach diesem Mistkerl überlassen!

Azraels Kopf guckt jetzt ein Stück unter Papa hervor. Richtig zielen kann er immer noch nicht, aber die schwarzen Blitze verfehlen mich nur noch knapp.

»DU KANNST MIR NICHT ENTKOMMEN, LUZIE!«, ruft Azrael. »ICH WERDE EUCH AUSLÖSCHEN! ALLE DREI!«

Er robbt sich Stück für Stück weiter unter Papa hervor. Einer der Blitze trifft mich und lässt mich ein paar Schritte rückwärts ins Schlafzimmer taumeln.

»LUZIE! RENN! JETZT!«, schreit Lilly. »DU BIST UNSERE EINZIGE CHANCE!«

Verdammt! Bin ich das? Ja, das bin ich wohl. Zumindest, solange ich noch lebe. Was nicht mehr allzu lang sein dürfte, wenn ich hierbleibe. Sie hat leider recht. So schwer es mir auch fällt, die beiden bei diesem Irren zurückzulassen: Ich muss erst mal so schnell wie möglich raus hier.

»HALTET DURCH!«, rufe ich. »ICH KOMME WIEDER!«

Ich öffne den Kleiderschrank und renne los.

Runterkommen

Ich weiß nicht genau, wie lang ich jetzt schon durch die Hölle hetze. Und wo genau ich bin, weiß ich auch nicht. Ich weiß nur, dass dies der mieseste Geburtstag der Weltgeschichte sein muss. Aber das ist ja nicht so schlimm, denn es wird wahrscheinlich mein letzter sein, wenn das so weitergeht. Das nennt man dann wohl Galgenhumor, den hab ich mit Sicherheit von meinem Vater.

Eigentlich will ich zurück zu Lilly und Papa. Ich muss ihnen helfen. Aber ich habe leider keinen Plan, wie ich das anstellen soll. Ich bräuchte Hilfe, aber mir fällt niemand ein. Aaron und Gustav sind … weg. Von etwas Schlimmerem will ich nicht ausgehen, daran möchte ich nicht einmal denken. Steven wurde definitiv ausgelöscht, das habe ich mit eigenen Augen gesehen. Ob Auribus noch lebt, ist auch fraglich, jedenfalls wurde er geschnappt und kann mir auch nicht helfen. Onkel Gabriel wurde ja laut Auribus auch von Azrael geschnappt, auf den kann ich auch nicht hoffen. Dann gäbe es ja noch Opa, unseren Chronisch Einzigartigen Oberchef, den allmächtigen CEO. Er müsste nur einmal mit dem Finger schnippen und alles wäre wieder gut. Aber der ist sicher immer noch sauer auf uns, weil wir ihn aus St. Fidibus verjagt haben. Jede Wette, der sitzt jetzt irgendwo da oben, guckt sich das alles an und lacht sich kaputt. Bliebe als allerletzte Hoffnung nur noch Oma. Aber die hat in ihrem Paralleluniversum wahrscheinlich gerade so viel zu tun mit der Neuordnung, dass sie nicht regelmäßig nach uns gucken kann. Wenn sie mitkriegen würde, was hier unten passiert, wäre sie längst da und würde Azrael erledigen. Ist sie aber nicht. Ich bin ganz allein und sämtliche Dämonen der Unterwelt sind hinter mir her.

Irgendwann komme ich an einer Tür an und öffne sie vorsichtig. Sie führt auf einen Flur, der mir bekannt vorkommt. Ein paar vereinzelte Dämonen laufen in beide Richtungen an mir vorbei, sie scheinen aber nicht auf der Jagd zu sein. Oh, das ist ja sogar *mein* Flur, ich kann den Eingang zu meinem Zimmer von hier aus sehen, er liegt schräg gegenüber. Mein Zimmer. Das war immer mein Zufluchtsort, als alles noch in Ordnung war. Als mein größtes Problem darin bestand, Papa aus dem Weg zu gehen, weil ich mal wieder etwas angestellt hatte. Da habe ich mich immer sicher gefühlt. Ich würde mich jetzt gerade so gern zur Abwechslung mal wieder sicher fühlen. Aber ich kann doch nicht einfach so in mein Zimmer gehen, dort finden mich meine Verfolger sofort. Oder finden sie mich gerade dort vielleicht nicht, weil mich da niemand vermutet? Wachen stehen jedenfalls keine davor. Ich glaube, ich wage es. Wenigstens für ein paar Minuten zum Verschnaufen. Vielleicht fällt mir ja auch noch etwas ein, um Lilly und Papa zu retten, wenn ich ein bisschen Ruhe habe.

Ich warte, bis sich niemand mehr auf dem Flur befindet, flitze auf die andere Seite, schlüpfe durch die Tür und schließe sie schnell von innen ab. Uff, das hat geklappt.

Ich lasse mich auf mein Bett fallen und atme ein paarmal tief durch, um runterzukommen. Aber wie soll man runterkommen, wenn das komplette Leben um einen herum gerade zusammenbricht? In meinem Kopf kreist dieser ganze verdammte Geburtstag und alles, was bis jetzt passiert ist, unaufhörlich herum. Und es bleibt immer noch die Frage, was ich allein machen kann, um Lilly und Papa zu retten. Nichts. Nichts kann ich machen. Mir fällt einfach nichts ein. Vielleicht muss ich anders denken. Was würde Aaron denn jetzt machen? Ihm würde ganz sicher etwas einfallen. Ich muss wie Aaron denken. Ich versuche, wie Aaron zu denken. Aber dabei muss ich nur *an* Aaron denken. Wie er vor meinen Augen in die Tiefe stürzt. Und daran, dass ich

ihn wahrscheinlich nie wiedersehen werde. Verdammt. Ich könnte heulen. Kann ich ja aber leider hier unten nicht. Wenn ich wüsste, wie, würde ich extra dafür kurz nach oben gehen, nur um zu heulen. Heulen tut nämlich echt gut, wenn man traurig ist oder es einem dreckig geht, das mache ich oben öfter. Innerlich fühlt sich auch alles so an, als würde ich gerade heulen, aber es kommt nicht heraus, die Tränen fehlen. Ich fange an zu schluchzen, aber keine einzige Träne verlässt mein Auge.

Etwas raschelt in meiner Jackentasche.

»Luzie nicht gut?«, höre ich Cornibus' Stimme.

Ich spreize die Öffnung der Tasche mit zwei Fingern, Cornibus krabbelt als kleiner Marder heraus und setzt sich auf meine Brust.

»Luzie nicht gut?«, wiederholt er seine Frage.

»Nein, Luzie nicht gut«, sage ich seufzend. »Luzie überhaupt nicht gut.«

»Cornibus schaurig, wenn Luzie nicht gut. Cornibus Luzie helfen.«

»Das ist sehr lieb, Cornibus«, sage ich. »Aber ich fürchte, gegen Azrael hast du keine Chance.«

»Cornibus Asselmehl fressen. Happs-Happs. Asselmehl weg.«

»Das schaffst selbst du nicht«, sage ich gequält lachend. »Außerdem schmeckt der bestimmt ganz eklig. Und ich will nicht, dass dir etwas passiert. Also, halte dich von Azrael fern, verstanden?«

Cornibus nickt wortlos.

»Du musst mir einen Gefallen tun, Cornibus«, sage ich. »Falls Lilly und ich hier nicht lebend rauskommen, was gut sein kann, dann musst du hoch zu Herrn Rosenberg und ihm alles erzählen. Kannst du das bitte machen? Findest du allein den Weg nach oben?«

»Cornibus Weg finden. Dosenzwerg alles erzählen. Dann Cornibus Schlotzolade essen und ganz viel Wasser aus Augen.«

»Du kannst auch heulen? Das wusste ich ja gar nicht.«

»Cornibus auch jeulen. Aber nur, wenn schaurig.«

»Traurig. Das heißt traurig, Cornibus«, verbessere ich ihn und mein Hals schnürt sich zu, weil es das letzte Mal sein könnte, dass ich einen seiner Wortverdreher verbessere.

Cornibus verwandelt sich in seine ursprüngliche Form und ich streichle liebevoll über seinen Kopf.

»Cornibus Lieblingskatze?«, fragt er.

»Nein, Cornibus«, sage ich leise. »Ich möchte dich so in Erinnerung behalten, wie du bist.«

Ich drehe mich auf die Seite und schließe ihn fest in meine Arme. Mein Kopf hört langsam auf zu rotieren. Kann ich nicht einfach für den Rest meines Lebens mit Cornibus im Arm hier liegen bleiben? Das wäre schön. Es ist gerade so friedlich. Ich mag friedlich. Friedlich ist gut. Ich merke, wie meine Augen schwer werden. Ich kann doch jetzt nicht schlafen. Ich muss Lilly und Papa retten. Ich habe ihnen doch versprochen, dass ich wiederkomme. Aber erst brauche ich einen Plan. Vielleicht fällt mir ja im Schlaf ein, wie ich sie retten kann. Könnte doch sein. Weniger als jetzt kann mir jedenfalls im Schlaf nicht einfallen. Und vielleicht wache ich ja auch auf und stelle fest, dass ich das alles nur geträumt habe. Das wäre das Allerbeste. Das ist alles gar nicht passiert, ich habe es nur geträumt. Und gleich wache ich in St. Fidibus wieder auf und habe Geburtstag und wir feiern alle zusammen, Aaron und Gustav und Lilly und Cornibus und ich und alles ist toll. Das ist ein wirklich guter Plan. Lasst uns das bitte so machen, okay?

Endgültig auslöschen

Ein lautes Poltern lässt mich erschreckt hochfahren. Verdammt, wo bin ich? Das ist mein altes Zimmer. Wie bin ich denn … Oh nein. Das war also alles doch kein Traum.

»SCHNAPPT IHN EUCH!«, brüllt einer der unzähligen Dämonen, die auf mich zustürmen.

Plötzlich steht ein riesiger Tiger über mir – Cornibus. Er faucht und schlägt mit seinen Pranken nach den Dämonen. Ein paar von ihnen erwischt er auch, aber es werden immer mehr, gegen so eine Übermacht hat selbst er keine Chance.

»Lass es, Cornibus!«, rufe ich. »Das hat keinen Sinn!«

Er hört nicht auf mich und

kämpft weiter. Sie greifen ihn mit Dreizacken und Speeren an.

»CORNIBUS, BITTE HÖR AUF!«, schreie ich. »ICH WILL NICHT, DASS DIR ETWAS PASSIERT! VERWANDLE DICH IN ETWAS KLEINES UND HAU AB!«

»CORNIBUS NICHT ABHAUEN! CORNIBUS LUZIE BESTÜTZEN!«

»DAS BRINGT NICHTS MEHR, CORNIBUS! ES SIND ZU VIELE! BITTE, CORNIBUS! DU MUSST VERSCHWINDEN!«

Er faucht noch einmal angriffslustig, verwandelt sich dann aber in eine Libelle und fliegt davon. Uff, das beruhigt mich. Ich hätte es nicht ertragen, noch einen Freund zu verlieren.

Im nächsten Augenblick bin ich von unzähligen Dreizacken und Speerspitzen umgeben, die alle auf mich gerichtet sind.

»Widerstand ist zwecklos«, sagt einer der Dämonen. »Betrachte dich als erfolgreich überwältigt.«

»Von mir aus«, sage ich. »Ihr könnt euch nicht vorstellen, wie egal mir das mittlerweile ist. Bringt mich zu Azrael, damit ich ihm wenigstens noch ins Gesicht spucken kann, bevor er mich erledigt.«

Vier Dämonen packen mich an Armen und Beinen und tragen mich aus meinem Zimmer.

Gut, dann sterbe ich eben an meinem Geburtstag. Mittlerweile ist es mir wirklich fast egal. Ich meine, alle meine Freunde sind wahrscheinlich tot. Und ohne sie will ich gar nicht mehr so richtig leben. Ich hoffe nur, dass ich wenigstens Lilly und Papa noch mal sehe, bevor dieser Mistkerl uns alle erledigt.

Die Dämonen schleppen mich durch alle möglichen Flure, bis sie schließlich vor einer Tür stehen bleiben. Einer öffnet die Tür, dahinter ist es stockfinster. Ich werde wortlos in die Dunkelheit geworfen, hinter mir schließt sich die Tür mit einem lauten Knall, dann herrscht absolute Stille.

Ich rapple mich auf und versuche zu ertasten, wo ich hier bin, aber meine Hände greifen immer wieder ins Leere.

»Hallo?«, rufe ich in die Finsternis. »Irgendjemand hier?«

Keine Antwort.

»Azrael? Was soll das werden? Falls du darauf wartest, dass ich mich hier zu Tode stolpere oder langweile: Das könnte länger dauern.«

Nichts. Ich laufe vorsichtig ein paar Schritte, als mich plötzlich ein grelles Licht blendet. Es ist ein Scheinwerfer. Ein Augenblinzeln später schwenkt er nach unten und beleuchtet eine Gestalt, die mitten im schwarzen Nichts auf einer schwarzen Bühne steht – Azrael. Seine Vorliebe für theatralische Auftritte ist offenbar nicht geringer geworden.

»Luzie!«, sagt er. »Mein heiß verachteter Neffe! Da bist du ja endlich! Wir warten schon die ganze Zeit auf dich!«

Wir? Wer ist denn *wir*? Ich sehe nur Azrael.

Plötzlich gehen nacheinander zwei weitere Scheinwerfer, begleitet von dumpfen Paukenschlägen, an. Der eine zeigt auf Papa, der an einen Pfahl gekettet ist, der zweite beleuchtet Lilly. Sie ist nicht gefesselt und es scheint ihr den Umständen entsprechend gut zu gehen.

»Lilly!«, rufe ich erleichtert. »Alles okay bei dir?«

»Ja!«, antwortet sie.

»Aber nicht mehr lang, fürchte ich!«, sagt Azrael. »Und dafür wirst *du* sorgen!«

Wieder ein Paukenschlag, der nächste Scheinwerfer geht an. Er beleuchtet eine riesige Kanone, die zwischen mir und den anderen platziert ist.

»Ich habe lange überlegt, wie ich euren Vater am besten quälen kann, bevor ich ihn endgültig auslöschen werde«, sagt Azrael grinsend. »Dass ich euch vor seinen Augen erledigen würde, war mir schon länger klar. Aber da fehlte noch das gewisse Extra. Und dann kam ich in all meiner Großartigkeit auf diese grandiose Idee, mit der ich nicht nur ihm, sondern auch euch noch gleichzeitig besonders schreckliche letzte Minuten bereiten kann.«

»Äh … du willst uns aus einer Kanone schießen?«, wundere ich mich. »Dir ist schon klar, dass uns so etwas nichts anhaben kann.«

»Natürlich ist mir das klar!«, erwidert Azrael. »Hältst du mich etwa für dumm?«

»Nein, du bist nicht dumm«, sage ich. »Du bist komplett irre.«

»ICH BIN ÜBERHAUPT NICHT IRRE!«, schreit Azrael. »WIESO SAGEN DAS IMMER ALLE? ICH BIN EIN GENIE! EIN TOTAL VERNÜNFTIGES UND ÜBERHAUPT NICHT IRRES GENIE!«

»Wer sagt das?«, erwidere ich. »Die Kanone?«

»NEIN, DAS SAGT NATÜRLICH NICHT DIE KANONE! KANONEN KÖNNEN NÄMLICH NICHT SPRECHEN! UND DAS WEISS ICH, WEIL ICH NÄMLICH NICHT IRRE BIN!«

Hm. Er ist kurz vorm Durchdrehen. Wie beim letzten Mal. Da haben ihn Aaron und Gustav so weit gebracht, dass er komplett die Kontrolle über sich verloren hat und wir ihn schließlich besiegen konnten. Vielleicht schaffen wir das ja auch ohne sie. Einen Versuch ist es wert. Ich gebe Lilly ein Zeichen, sie nickt.

»Doch, bist du«, sage ich zu Azrael. »Und wenn die Kanone sprechen könnte, würde sie mir ganz sicher zustimmen.«

»Ja, du bist völlig irre«, sagt Lilly mit verstellter Stimme.

»Ach, guck mal«, sage ich. »Die Kanone kann tatsächlich sprechen. Und sie ist ganz meiner Meinung.«

»IST SIE NICHT! DIE IST NÄMLICH DOOF, DIESE KANONE! DIE HAT ÜBERHAUPT KEINE AHNUNG! UND WENN SIE HIER FERTIG IST, LASSE ICH SIE SOFORT ERSCHIESSEN! VON EINER ANDEREN KANONE!«

Okay, es scheint zu klappen, er dreht immer mehr durch, sehr gut.

»Vergiss es«, sagt Lilly mit verstellter Stimme. »Wir

Kanonen halten zusammen. Und dann erschießen wir *dich.*«

Plötzlich wird Azrael ganz ruhig und legt ein fieses Grinsen auf.

»Netter Versuch«, sagt er. »Ihr glaubt doch wohl nicht, dass ich noch mal auf einen eurer lahmen Tricks reinfalle.«

Mist, zu früh gefreut.

»Aber jetzt ist Schluss mit diesen albernen Spielchen«, fährt er fort.

Er schnappt Lilly und zerrt sie am Arm vor die Kanone. Als er mit dem Finger schnippt, schießen zwei Eisenringe aus dem Boden und schließen sich um Lillys Füße.

»Hey, Moment mal!«, beschwert sich Lilly. »Was soll denn das?«

»Das wirst du gleich sehen«, erwidert Azrael.

Er kommt auf mich zu, schnappt mich am Kragen und zerrt mich ans andere Ende der Kanone.

»So!«, sagt er. »Du wirst jetzt deine Schwester erschießen. Vor den Augen eures Vaters.«

Wie bitte? Ich soll mit der Kanone auf Lilly schießen? Und was soll das bewirken? Ich meine, Lilly ist wie ich hier unten unsterblich. Wenn die Kanonenkugel sie trifft, fliegt sie wahrscheinlich ein bisschen durch die Gegend, mehr passiert aber auch nicht. Selbst wenn ich ihr den Kopf vom Körper schieße – ein paar Minuten später wächst er wieder nach und sie ist wie neu. Aber offenbar weiß Azrael das nicht.

»Okay«, sage ich. »Kein Problem. Hast du Feuer?«

Azrael kramt eine Schachtel Streichhölzer aus einer Tasche und drückt sie mir in die Hand. Ich nehme ein Streichholz heraus, entzünde es und bewege es auf die Lunte der Kanone zu, als Azrael plötzlich meinen Arm festhält.

»Ach so!«, sagt er. »Moment! Das hab ich ja noch gar nicht erzählt! Falls du denkst, die Kanone könne deiner

Schwester nichts anhaben, weil sie hier unten unsterblich ist: In diesem Rohr befindet sich keine Kugel. Es ist mit den Knochen eures Onkels Gabriel gefüllt.«

Dieser verfluchte Mistkerl. Ich hatte mich schon gefragt, was er mit Onkel Gabriel gemacht hat.

»Ich weiß ja nicht, ob ihr das wisst«, spricht er weiter. »Aber das Einzige, was einem Mitglied unserer Familie hier unten nachhaltig Schaden zufügen kann, sind die Knochen eines direkten Verwandten.«

Was? Verdammt, das wusste ich wirklich nicht.

»Natürlich hätte ich einfach einen schönen Dolch aus Gabriels Schienbein schnitzen und euch damit abstechen können«, sagt Azrael. »Aber das war mir dann doch irgendwie zu langweilig. Zum Glück bin ich noch auf die Idee mit der Kanone gekommen, das wird viel wirkungsvoller. Da sind jetzt lauter angespitzte Knochenteile von Gabriel drin, die werden deine Schwester richtig schön in tausend Teile zerfetzen.«

Er lässt meinen Arm los.

»Ich fand, das solltest du noch unbedingt wissen, bevor du gleich die Lunte anzündest«, sagt er grinsend.

Ich puste, so schnell ich kann, das Streichholz aus.

»Vergiss es«, sage ich bestimmt und zeige ihm einen Vogel. »Das mach ich nicht.«

»UND OB DU DAS MACHST!«, fährt mich Azrael an. »DAS IST NÄMLICH MEIN PLAN! UND DU

HAST DICH GEFÄLLIGST AN MEINEN PLAN ZU HALTEN!«

»Nö«, erwidere ich. »Ich werde ganz bestimmt nicht meine Schwester in tausend Teile zerfetzen, das kannst du dir abschminken.«

»OH DOCH, DAS WIRST DU!«, schreit er mich an. »SONST …«

»Was sonst?«, frage ich. »Bringst du mich sonst um? Das machst du doch sowieso. Es gibt also nichts, womit du mir drohen könntest.«

»Verdammt, das stimmt«, knurrt Azrael. »Aber gut, dann tritt eben Plan B in Kraft. Wir machen das umgekehrt.«

Er packt mich am Arm und zerrt mich zu Lilly. Ihre Fußfesseln lösen sich, dafür schnappen neue um meine Füße. Azrael zerrt Lilly zurück zur Kanone.

»So!«, sagt er. »Dann bringst du jetzt eben deinen Bruder um. Mir doch egal, wer von euch beiden zuerst stirbt. Hauptsache, ich kann euren Vater damit quälen.«

»Äh … aber warum sollte *ich* das denn jetzt machen?«, fragt Lilly. »Mir kannst du genauso wenig drohen wie Luzie. Ich werde diese Lunte garantiert nicht anzünden.«

»VERFLUCHT NOCH MAL!«, schimpft Azrael. »WIESO WILL DENN HIER NIEMAND NIE-

MANDEN UMBRINGEN? IHR SEID DOCH NICHT NORMAL!«

»Genau«, sagt Lilly und verdreht die Augen. »Der einzig Normale hier ist der Irre, der mit einer Kanone voller Knochen seine halbe Familie auslöschen will.«

»ICH! BIN! NICHT! IRRE!«, brüllt Azrael. »Und die hat es ja auch verdient, diese blöde Familie! Weil sie nie das macht, was ich will! So wie jetzt auch wieder!«

»Tja, dumm gelaufen«, sagt Lilly. »Seine Familie kann man sich eben nicht aussuchen. Sonst hätte ich mit Sicherheit nicht *dich* als Onkel.«

»Okay, pass auf«, sagt Azrael. »Ich kann dich nicht dazu zwingen, deinen Bruder mit der Kanone zu erschießen, weil ich dich ja hinterher sowieso auch umbringe. Wenn ich aber keine wirksame Drohung für dich habe, könnte ich dir stattdessen vielleicht eine kleine Belohnung anbieten? Wie wäre zum Beispiel folgender Vorschlag: Wenn du die Lunte anzündest, darfst du dich vor deinem eigenen Tod noch kurz von deinem oberirdischen Onkel verabschieden. Wie hieß er noch gleich? Bertram? Wolfgang?«

»Wolfram«, sagt Lilly. »Onkel Wolfram.«

Ihr Blick wird plötzlich traurig. Dann sieht sie mich kurz an, guckt aber sofort wieder weg.

Arme Lilly. Ich weiß, wie sehr sie an Onkel Wolfram hängt. Er hat sie ganz allein aufgezogen und ist der wichtigste Mensch in ihrem Leben. Es wäre ihr bestimmt sehr wichtig, ihn noch einmal zu sehen. Wichtiger als alles andere wahrscheinlich. Auf jeden Fall wichtiger als ich. Aber das würde sie nie zugeben und schon gar nicht aussprechen. Und deshalb muss ich diese unglaublich schwierige Entscheidung für sie treffen.

»Mach es«, sage ich leise und sehe sie eindringlich an.

»Auf gar keinen Fall«, erwidert sie. »Ich werde dich nicht umbringen.«

»Doch, du musst«, sage ich. »Sterben werde ich sowieso. Und so kannst du dich wenigstens von Onkel Wolfram verabschieden. Bitte grüß ihn ganz lieb von mir. Und sag ihm, dass es mir unendlich leidtut. Das ist alles meine Schuld. Wenn ich nicht nach St. Fidibus gekommen wäre, wäre das alles nicht passiert.«

»Sag so was nicht«, erwidert Lilly. »Ich bin sehr froh, dass wir uns gefunden haben. Und lieber sterbe ich hier unten, als dich nie kennengelernt zu haben.«

»Dann lass es uns schnell hinter uns bringen«, sage ich und werfe ihr die Streichhölzer zu. »Zünde die Lunte an.«

Lilly fängt das Päckchen und fingert mit zittrigen Händen ein Streichholz heraus.

»Bist du dir sicher?«, fragt sie, und wenn es nicht unmöglich wäre, könnte ich schwören, eine Träne in ihrem Augenwinkel zu sehen.

Ich nicke. Lilly entzündet das Streichholz.

»Mach's gut, Luzie«, flüstert sie. »Ich hab dich sehr lieb.«

»Ich dich auch«, flüstere ich zurück.

Ich winke Papa noch kurz zu. Er schreit und windet sich in seinen Ketten. Lilly hält das Streichholz an die Lunte, es fängt an zu zischen.

Ich schließe meine Augen.

Okay, das war's dann also mit meinem Leben. Es war kurz. Und das letzte Jahr war definitiv das allerbeste. Ich habe in Aaron und Gustav die besten Freunde gefunden, die es geben kann. Ich durfte meine Schwester kennenlernen, von der ich gar nicht wusste, dass es sie gibt. Wir haben tolle Abenteuer zusammen erlebt. Zu schade, dass dieses hier unser letztes gewesen sein wird. Tschüs, Welt. Tschüs, Hölle. Ich werde …

BUMM!

Ich weiß nicht, was ich erwartet habe, aber irgendwie fühlt sich das nicht so an, als würde ich in tausend Teile zerfetzt. Ich fühle mich noch genauso wie vor einer Sekunde. Moment, jetzt passiert etwas. Irgendetwas rieselt auf meinen Kopf. Ob ich die Augen öffnen sollte?

Kann ich überhaupt noch die Augen öffnen? Ich öffne die Augen. Huch, ich bin ja immer noch hier. Und es regnet bunte Papierschnipsel. So wie heute Nachmittag, als Lilly, Aaron, Gustav und Herr Rosenberg mich zum Geburtstag damit beworfen haben. Was soll das denn? Durch die Schnipsel hindurch sehe ich Lilly und Azrael. Sie sehen mich gespannt an. Jetzt fliegt etwas durch den Schnipselregen auf mich zu. Es ist ein Schmetterling. Er landet auf meiner Nase. Er hat zwei kleine Hörnchen.

»Häppi Börpsdee!«, sagt er.

Plötzlich gehen überall Scheinwerfer an. Auf der Bühne sind auf einmal ganz viele Leute zu sehen, die ich nicht erkennen kann, weil das Licht mich blendet.

»ÜBERRASCHUUUUUUUNG!«,
brüllt mir ein Chor entgegen.

Lilly zückt ihr Handy und macht ein Foto von mir. Sie lacht. Papa lacht auch, die Ketten springen einfach von ihm ab. Azrael fängt an, komisch zu zucken, sein Köper verformt sich, bis schließlich Auribus vor mir steht. Die Leute auf der Bühne fangen an zu singen.

»HAPPY BIRTHDAY TO YOU! HAPPY BIRTHDAY TO YOU!«

Ich blinzele ein paarmal gegen das Licht an. Mein Herz bleibt kurz stehen, dann überschlägt es sich vor Freude. Da oben steht Aaron! Und Gustav! Und Steven! Und Onkel Gabriel! Sie leben alle!

»HAPPY BIRTHDAY, LIEBER VITUS! HAPPY BIRTHDAY TO YOUUUUUUU!«

Meine Knie werden weich, ich muss mich setzen und lasse mich einfach auf den Boden sinken. Lilly kommt auf mich zu.

»Na, Bruderherz!«, sagt sie lachend. »Die Überraschung ist uns offenbar gelungen!«

Ich verstehe überhaupt nichts mehr. Das ist zu viel für mich. Ich kann sie nur mit offenem Mund fassungslos anstarren.

»Was … wie … ich … Überraschung?«, stammle ich völlig überfordert vor mich hin.

»Du wolltest doch einen unvergesslichen ersten Geburtstag«, sagt Lilly. »Und der ist uns ja wohl gelungen, würde ich sagen. Ich bin so froh, dass alles geklappt hat. Bei der Probe gestern ist noch ganz viel schiefgegangen.«

»Probe?«, frage ich.

»Klar«, sagt Lilly. »Wir mussten das doch alles proben. Das haben wir gestern Nacht gemacht. Da hat die Kanone zum Beispiel nicht funktioniert. Aber heute hat ja alles geklappt. Und du bist voll drauf reingefallen.«

»Du meinst … Das war also … Aaron … Gustav … Das ist alles gar nicht wirklich passiert?«

»Nein, natürlich nicht. Wir haben dich reingelegt. Das war alles nur ein Witz. Ein sehr aufwendiger Witz.

Wahrscheinlich der aufwendigste Witz der Weltgeschichte. Aber es hat sich gelohnt. Du hättest eben gerade dein Gesicht sehen sollen. Warte, ich zeig's dir!«

Sie tippt auf ihrem Handy herum und streckt es mir lachend entgegen.

Ich gucke auf das Foto, nehme es aber gar nicht wirklich wahr, weil mein Kopf erst mal versuchen muss, das alles zu begreifen. Das war also alles gar nicht echt? Aaron ist nicht abgestürzt? Und Gustav wurde nicht unter den Felsen verschüttet? Und Azrael war die ganze Zeit über gar nicht Azrael, sondern nur ein verwandelter Auribus? Das war alles nur gespielt, um mich reinzulegen?

Ich atme tief aus. Ich glaube, so erleichtert war ich in meinem ganzen Leben noch nie. Und so wütend auch nicht.

»IHR SEID JA WOHL ECHT NICHT GANZ SAUBER!«, brülle ich meine gesamte Anspannung des Tages heraus. »EIN WITZ? WAS SOLL DENN DARAN WITZIG GEWESEN SEIN? ICH HATTE TODESANGST! UND ZWAR DIE GANZE ZEIT LANG! UM EUCH UND UM MICH! DAS IST ALLES ANDERE ALS WITZIG!«

»Ja, okay, vielleicht ist Witz nicht das richtige Wort«, sagt Lilly. »Wir haben dir einen Streich gespielt.«

Ich stehe auf, um besser schreien zu können.

»EINEN STREICH GESPIELT? EIN STREICH IST WAS HARMLOSES UND LUSTIGES! IHR HABT MICH WORTWÖRTLICH DURCH DIE HÖLLE GEJAGT! IHR HABT MICH GLAUBEN LASSEN, DASS MEINE BESTEN FREUNDE DIREKT VOR MEINEN AUGEN GESTORBEN SIND! DAS IST DOCH KEIN STREICH! DAS IST EINFACH NUR FIES UND BÖSE UND GEMEIN!«

»Ach komm, jetzt stell dich nicht so an«, sagt Lilly. »Du bist ein Teufel, du bist an fies und böse und gemein gewöhnt. Außerdem ist doch letztendlich gar nichts passiert. Es geht uns allen gut, niemand ist gestorben.«

»DAS WUSSTE ICH ABER BIS EBEN NICHT! ICH HABE ERNSTHAFT GEGLAUBT, DASS MEINE BESTEN FREUNDE GESTORBEN SIND!«

»Sind sie aber nicht«, erwidert Lilly grinsend. »Freust du dich nicht darüber?«

»NATÜRLICH FREUE ICH MICH DARÜBER!«, brülle ich sie an. »ABER SO WAS MACHT MAN DOCH NICHT MIT JEMANDEM, DEN MAN MAG! SO WAS SOLLTE MAN MIT ÜBERHAUPT NIEMANDEM MACHEN! FÜR LEUTE, DIE SO WAS MACHEN, SOLLTE ES EINE EXTRA ABTEILUNG HIER UNTEN GEBEN! EINE ABTEILUNG FÜR BITTERBÖSE STREICHESPIELER! DA GEHÖRT IHR ALLE ZUSAMMEN REIN! UND DIE BESTRAFUNGSMASSNAHME DENKE ICH MIR GERN HÖCHSTPERSÖNLICH AUS!«

»Ach, Junior«, sagt Papa. »Jetzt beruhig dich mal wieder.«

Er und die anderen kommen auf mich zu.

»Ich fand, das war ein ganz fantastischer Streich«, sagt er und klopft Lilly anerkennend auf die Schulter. »Deine Schwester hat wirklich großes Talent im Bösesein, sie hat sich das alles ganz allein ausgedacht, du solltest stolz auf sie sein.«

»Na ja, ich hatte schon ganz viel Hilfe«, sagt Lilly leicht verlegen. »Ohne euch wäre das alles nicht möglich gewesen.«

»JA, GENAU!«, schreie ich. »JETZT LOBT EUCH AUCH NOCH GEGENSEITIG FÜR DEN ALLERSCHLIMMSTEN GEBURTSTAG, DEN JEMALS JEMAND ERLEBEN MUSSTE!«

»Also, ich war ja von Anfang an dagegen«, sagt Aaron leise. »Ich fand auch, dass das zu böse ist und dass man so etwas mit einem Freund nicht macht. Aber wir haben abgestimmt und die Mehrheit war dafür. Ich wollte aber so kurz wie möglich mitmachen, deshalb bin ich als Erster gestorben. Gestorben.«

Oh, Aaron, mein lieber, lieber Aaron. Ich wusste, auf ihn ist Verlass und dass er mich versteht.

»Bist du ja aber zum Glück nicht«, sage ich und drücke ihn ganz fest an mich. »Ich hatte solche Angst um dich. Du kannst dir gar nicht vorstellen, wie erleichtert ich war, als ich dich eben gesehen habe. Und dich auch, Gustav!«

Ich ziehe Gustav an mich heran und drücke ihn auch so fest wie möglich an mich.

»Ich habe gleich dafür gestimmt«, sagt er kleinlaut. »Aber da wusste ich noch nicht, dass es so böse werden würde. Tut mir sehr leid, Luzie.«

Es tut so gut, die beiden im Arm zu halten, dass meine Wut langsam verfliegt.

»Schon okay«, sage ich zu Gustav. »Aber ich dachte wirklich, ich sehe euch nie wieder. Und das war ein ganz schreckliches Gefühl. Macht so was bitte nie, nie, nie wieder mit mir.«

»Versprochen«, sagt Gustav.

»Versprochen. Versprochen«, stimmt Aaron mit ein.

»Also, *ich* verspreche hier gar nichts«, sagt Lilly grinsend. »Dafür hat mir das Ganze viel zu viel Spaß gemacht.«

»Na, das ist ja die Hauptsache«, brumme ich sie an. »Dass es *dir* Spaß gemacht hat.«

»Schon vergessen?«, erwidert sie grinsend. »*Ich* habe heute auch Geburtstag. Und dich reinzulegen war sozusagen *mein* Geschenk. Vielen Dank dafür, Bruderherz.«

»Überhaupt nicht gern geschehen«, knurre ich, muss aber innerlich doch auch ein bisschen grinsen.

Ich kann Lilly nie lang böse sein, das weiß ich. Aber ich werde auf jeden Fall versuchen, noch eine ganze Weile wenigstens so zu tun.

»Kann's dann endlich losgehen?«, fragt Papa.

»Losgehen?«, frage ich skeptisch. »Was denn? Ihr habt

doch wohl hoffentlich nicht noch mehr fiese Sachen für mich geplant.«

»Nein, keine Sorge«, sagt Lilly. »Jetzt steht nur noch eine Sache auf dem Plan: deine höllisch gute Geburtstagsparty!«

Schreckliche Stümper

»Das sah alles so echt aus«, sage ich. »Als Aaron abgestürzt ist. Und als Steven zu Asche zerbröselt ist. Wie habt ihr das denn gemacht?«

»Das waren alles Spezialeffekte«, antwortet Steven grinsend. »Ich hatte oben ganz viele Freunde in Hollywood. Einer davon hieß auch Steven, von dem habe ich mir ganz viel abgeguckt. Es war aber gar nicht so einfach, das hier unten technisch alles richtig hinzukriegen.«

»Das ist dir aber perfekt gelungen«, sagt Lilly. »Vielen Dank noch mal für die Hilfe.«

Wir sitzen alle um einen großen runden Tisch herum. Der Festsaal ist bunt geschmückt, es gibt Musik und Papa hat sogar einen Kuchen für uns gebacken, der allerdings ziemlich ekelhaft schmeckt – selbst Cornibus hat nur drei Stücke davon gegessen. Aber lieb fand ich es trotzdem, dass er sich die Mühe gemacht hat.

Natürlich bin ich irgendwie immer noch sauer, dass ich so fies reingelegt wurde, aber ich habe beschlossen, mir davon nicht den Geburtstag vermiesen zu lassen, den ich jetzt ENDLICH richtig feiern kann.

»Wie fandst du mich denn als Azrael?«, fragt Auribus. »War ich überzeugend? Ich lobe mich ja selten selbst, aber ich denke, ich war sehr überzeugend. Nicht umsonst hatte ich in der Spionschule immer eine Eins im Schauspielern.«

»Oh ja, du warst großartig!«, sage ich. »Wenn ich gekonnt hätte, hätte ich dich sofort umgebracht, so überzeugend warst du.«

»Oh, danke, das ist ein sehr schönes Kompliment«, sagt Auribus leicht errötend.

Fluxus kommt an den Tisch und stellt eine riesige Schüssel in der Mitte ab.

»So«, sagt er. »Ich wusste, ich hatte irgendwo noch einen Sack davon versteckt.«

»Plopcorn!«, ruft Cornibus begeistert und hüpft in die Schüssel.

»Ich gucke mal besser, ob ich noch mehr finde«, sagt Fluxus und verschwindet wieder.

»Über Fluxus habe ich mich ja mit am meisten gewundert«, sage ich zu Papa. »Hast du ihn etwa begnadigt?«

»Nein«, brummt Papa. »Zumindest *noch* nicht. Er befindet sich ab jetzt in einer strengen Probezeit. Das Problem ist: Ich finde einfach keinen fähigen Ersatz für ihn. Seine Nachfolger waren allesamt schreckliche Stümper, die konnten noch nicht mal ein Stück Brennholz von oben besorgen, geschweige denn Schallplatten. Ich brauche Fluxus. Aber das muss er jetzt noch nicht unbedingt so genau wissen.«

»Genau, deine Schallplatten!«, fällt mir wieder ein. »Die hättest du aber nicht für mich verbrennen müssen. Ich weiß doch, dass sie das Einzige sind, was dir heilig ist, und wie sehr du an ihnen hängst.«

»Keine Sorge«, sagt Papa lachend. »Das waren nur schrottige Volksmusikscheiben, die Fluxus schnell noch oben besorgt hat. *Meine* Platten würde ich für nichts und niemanden opfern, selbst für dich nicht.«

Okay. Das hätte ich mir eigentlich auch denken können. Habe ich aber nicht, weil wirklich alles perfekt durchdacht und vorbereitet war. Sie haben sich alle schon verdammt viel Mühe gegeben, um mich reinzulegen, das muss ich anerkennend zugeben. Trotzdem bleibe ich dabei: So was macht man nicht mit jemandem, den man mag. Aber egal, jetzt wird gefeiert. Ich greife in die Popcornschüssel, stoße mit der Hand allerdings nur auf ein Fellknäuel – Cornibus hat bereits alles weggefuttert.

»Hey, du Schlingel!«, beschwere ich mich lachend. »Hast *du* Geburtstag oder ich?«

Oh, da fällt mir ein: Ich wollte Papa doch noch unbedingt etwas fragen.

»Du, Papa?«, frage ich. »Lilly und ich hatten seit heute Morgen immer wieder ganz fiese Kopfschmerzen. Weißt du zufällig, woher die kommen könnten?«

»Kopfschmerzen?«, fragt er zurück. »So ganz gemeine stechende? Wahrscheinlich immer, wenn ihr eure Kräfte benutzt?«

»Ja«, sagt Lilly. »Wobei, beim ersten Mal haben wir uns einfach nur berührt, ohne Kräfte zu benutzen.«

»Das war wahrscheinlich der Auslöser«, sagt Papa. »Weil ihr als Zwillinge eng verbunden seid.«

»Auslöser?«, hake ich nach. »Für was denn?«

»Na, ihr seid zwölf geworden«, antwortet er. »Mit zwölf fangen bei uns in der Familie die Hörner an zu wachsen.«

Wie bitte, was? Wir kriegen Hörner? Lilly und ich tasten gleichzeitig panisch auf unseren Köpfen herum. Ich will keine Hörner! Dann sieht doch in St. Fidibus sofort jeder, dass ich kein Mensch bin!

»Keine Panik«, sagt Onkel Gabriel lachend. »Die wachsen sehr, sehr langsam. Das dauert noch Jahre, bis sie sichtbar werden. Und die Schmerzen lassen auch nach, das ist nur am Geburtstag selbst so schlimm.«

Uff, dann ist's ja gut. Lilly und ich sehen uns erleichtert an.

»Apropos Geburtstag!«, sagt Papa. »Ich habe da ja noch etwas für euch!«

Er verschwindet kurz unter dem Tisch und taucht mit zwei Geschenken in den Händen wieder auf.

»Bitte schön!«, sagt er und drückt Lilly und mir jeweils eins der Geschenke in die Hand. »Die habe ich selbst eingepackt!«

Ja, das sieht man. Eigentlich müssen wir sie überhaupt nicht auspacken. In meinem ist ein Dreizack und Lilly kriegt eine Streitaxt, das ist jetzt schon deutlich zu erkennen. Aber okay, nicht das Ergebnis, sondern der Wille zählt, immerhin hat er überhaupt versucht, sie einzupacken.

»Oh, ein Dreizack!«, sage ich gespielt überrascht, nachdem ich meins ausgepackt habe. »Danke, Papa!«

»Sehr gern«, sagt er zufrieden lächelnd und zwinkert mir zu. »Dass du immer noch sehr gut damit umgehen kannst, haben wir ja gesehen.«

»Eine Axt?«, sagt Lilly, nachdem sie ihr Geschenk ausgepackt hat. »Wie cool!«

»Das ist eine Streitaxt«, erklärt Papa. »Meine allererste Streitaxt. Mit der habe ich ganz viele Schlachten gewonnen. Vielleicht kann ich dir ja irgendwann mal zeigen, wie man damit umgeht.«

»Oh ja!«, sagt Lilly begeistert. »Das wäre super! Wie hält man denn eine Streitaxt? So?«

Lilly schwenkt die Axt wild über ihrem Kopf hin und her, wir ducken uns alle, damit sie uns nicht aus Versehen erwischt.

»Hey, pass auf!«, sage ich lachend. »Sonst stirbt heute doch noch jemand!«

»Du musst sie mit zwei Händen führen«, sagt Papa zu Lilly. »Die eine Hand unten, die andere … Moment mal! Hört ihr das?«

Ja, ich höre es sofort. Alle können es mit Sicherheit hören. Aber wahrscheinlich weiß ich als Einziger, was genau Papa meint – die Band spielt gerade sein Lieblingslied.

»Los!«, sagt er und steht auf. »Tanzen! Und zwar alle!«

»Äh, ich bin aber nicht der beste Tänzer«, sagt Gustav.

»Ich würde es auch bevorzugen, nicht zu tanzen«, sagt Aaron. »Meine Beine zucken dann immer so komisch, das ist auch einer meiner Ticks. Ticks.«

»Papperlapapp, Ticks!«, sagt Papa grinsend. »Jetzt wird getanzt! Das ist ein Befehl! Und ihr wollt ganz sicher nicht wissen, was passiert, wenn man einem Befehl des Teufels nicht folgt!«

Aaron und Gustav erheben sich seufzend. Wir folgen Papa vor die Bühne und fangen an zu tanzen. Es dauert nicht lang und Aaron und Gustav haben auch jede Menge Spaß dabei.

»I'M ON A HIGHWAY TO HELL!«, grölt Papa sein Lieblingslied lauthals mit. »HIGHWAY TO HELL!«

Oh ja, genau so hat sich das für mich heute tatsächlich angefühlt. Das war eindeutig der schlimmste, höllischste Tag meines Lebens. Aber mit einem hat Lilly recht: Vergessen werde ich meinen ersten richtigen Geburtstag ganz sicher nie!

»HIGHWAY TO HELL!«, brülle ich, so laut ich kann, mit. »HIGHWAY TO HELL!«

Aufmachen!

»Onkel Wolfram?«, ruft Lilly, als sie die Tür aufschließt. »Wir sind wieder zu Hause!«

Oh ja, das sind wir. Und ich bin heilfroh darüber. So schön die Party auch war – ich habe erst mal mehr als genug Hölle für die nächste Zeit gehabt und brauche das nicht so schnell wieder.

Wir haben noch sehr lang gefeiert, bis heute Morgen durch. Aaron wollte gar nicht mehr aufhören zu tanzen und Papa sowieso nicht. Lilly hat sich von ihm auch gleich ein paar Tricks mit der Streitaxt zeigen lassen, sie fährt total auf das Ding ab.

Irgendwann war dann aber doch Schluss und Onkel Gabriel hat uns nach oben gebracht. Jetzt will ich eigentlich nur noch eins: so schnell wie möglich ins Bett und schlafen.

»Onkel Wolfram?«, ruft Lilly noch einmal, als wir den Flur betreten.

Die Küchentür öffnet sich und er kommt uns entgegen.

»Da seid ihr ja wieder!«, sagt er freudig. »Und, hat alles geklappt?«

»Ja, es war alles perfekt«, antwortet Lilly in meine Richtung grinsend. »Er hat bis zum Schluss nichts gemerkt.«

»Armer Luzie«, sagt Herr Rosenberg und sieht mich mitleidig an. »Du musst Höllenqualen gelitten haben.«

»Oh ja, das habe ich«, sage ich.

»Ich habe ja versucht, sie davon abzuhalten, aber du kennst sie ja«, sagt Herr Rosenberg. »Wenn sie sich mal etwas in den Kopf gesetzt hat, kriegt man sie nicht mehr davon los.«

»Guck mal, Onkel Wolfram!«, sagt Lilly aufgeregt und zieht die Streitaxt hinter ihrem Rücken hervor. »Die hat mir Papa zum Geburtstag geschenkt! Saucool, oder?«

Sie fuchtelt vor ihrem Onkel mit der Axt in der Luft herum, er weicht ein paar Schritte zurück.

»Äh … na ja, cool wäre jetzt nicht das erste Wort, das mir dazu einfällt«, sagt er. »Ich glaube, ich muss mal ganz dringend mit Luzifer über altersgerechte Geschenkideen reden. Komm, leg das mal weg. Jetzt kriegt Luzie erst mal seine hart verdiente Geburtstagstorte.«

Wir gehen in die Küche, wo tatsächlich eine neue riesige Torte in der Mitte des Tischs steht. Und mein Geschenk. Stimmt, das hatte ich ja schon komplett vergessen, ich kriege ja noch ein Geschenk!

»Darf ich es aufmachen? Darf ich es aufmachen?«, frage ich aufgeregt.

»Ja!«, sagt Lilly. »Jetzt darfst du es aufmachen!«

Ich ziehe meine Jacke aus und hänge sie über einen Stuhl. Wir setzen uns alle an den Tisch. Ich öffne die Schleife des Geschenks und entferne vorsichtig das Papier. Dann öffne ich den Deckel der Schachtel. Huch, da ist ja ganz viel Schokolade drin.

»Die Schokolade ist für Cornibus«, sagt Aaron. »Die haben wir ihm versprochen, wenn er dabei mitmacht, dich reinzulegen. Reinzulegen.«

»Schlotzolade!«, jubelt Cornibus. »Alles für Cornibus!«

»Ja«, sage ich lachend. »Aber nicht alles auf einmal. Die teilen wir schön ein. Du kriegst jeden Tag eine Tafel.«

»Schwafel zu wenig«, motzt er. »Tag länger als eins Schwafel.«

»Tja, Pech gehabt«, sage ich grinsend. »Du hast mich reingelegt, also rationiere ich deine Schokolade. Aber heute noch nicht.«

Ich lege zwei Tafeln vor ihm auf den Tisch, er stürzt sich sofort darauf.

»Da ist aber noch was drin«, sagt Gustav und zeigt auf die Schachtel.

Stimmt, da ist noch was. Etwas Rechteckiges, Flaches. Ich ziehe es heraus. Es ist ein Bild in einem Bilderrah-

men. Darauf sind Aaron, Gustav, Lilly und ich zu sehen, wir lächeln alle. Das Bild ist gezeichnet, irgendjemand hat das selbst gemalt.

»Oh, das ist ja toll!«, sage ich.

»Gustav hat es gemalt«, sagt Lilly.

»Ich muss noch üben«, sagt Gustav. »Seit ich in der Welt eurer Oma gemerkt habe, wie viel Spaß mir das macht, zeichne ich jeden Tag ein bisschen. Und ich dachte, vielleicht freust du dich ja darüber.«

»Und ob ich mich freue!«, sage ich. »Das ist super! Das hänge ich neben mein Bett, dann kann ich immer meine Lieblingsmenschen sehen! Und Lilly.«

Ich funkle sie böse an.

»Ach, komm«, sagt sie grinsend. »Du musst doch zugeben, dass es auch ein bisschen Spaß gemacht hat.«

»Hat es nicht«, erwidere ich. »Zu denken, deine besten Freunde sind vielleicht tot, macht keinen Spaß. Niemals. Wenn mir das nächste Mal jemand sagt, ich soll mit einer Kanone auf dich schießen, werde ich keine Sekunde zögern.«

Ich grinse sie an.

»Ich hab dich auch lieb, Bruderherz«, grinst sie zurück und drückt mir einen Kuss auf die Wange.

»Sagt mal, das wollte ich die ganze Zeit schon fragen: Wo hattet ihr eigentlich diesen komischen Bollock her?«, frage ich. »War das auch Auribus?«

Lilly, Aaron und Gustav werfen sich seltsame Blicke zu.

»Na ja«, sagt Lilly. »Der war eigentlich gar nicht vorgesehen. Das war das Einzige, was nicht von uns geplant war. Keine Ahnung, wo der hergekommen ist, plötzlich war er da.«

»Da hatte ich auch echt Schiss«, sagt Gustav. »Mit dem hat niemand von uns gerechnet.«

»Zum Glück ist dir das mit dem Pinkeln eingefallen«, sagt Aaron. »Wer weiß, was der sonst mit uns angestellt hätte. Angestellt hätte.«

»Okay, seltsam«, sage ich. »Habt ihr das Papa erzählt?«

»Nein, hab ich in all der Aufregung komplett vergessen«, sagt Lilly. »Müssen wir beim nächsten Mal machen, wenn wir wieder unten sind.«

»Was hoffentlich erst mal eine ganz lange Weile dauern wird«, sagt Herr Rosenberg. »Ihr wisst, wie sehr mich das immer beunruhigt, wenn ihr da unten seid.«

»Keine Sorge«, sage ich. »Mein Bedarf an Aufregung, Dämonen und Lebensgefahr ist erst mal mehr als gründlich gedeckt. Von mir aus darf es in nächster Zeit sehr unhöllisch zugehen.«

»Sehr gut!«, sagt Herr Rosenberg lächelnd. »Ein Stück Torte?«

»Mmja!«, ruft Cornibus mit den Backen voller Schokolade. »Torte! Großes Stück! Rund! Alles für Cornibus!«

»Ja, das könnte dir so passen!«, sage ich und wir lachen alle.

Herr Rosenberg schneidet die Torte an und verteilt die Stücke auf unseren Tellern. Wir fangen an zu mampfen. Ja, genau so sollte ein Geburtstag eigentlich sein. Einfach nur mit seinen Lieblingsmenschen zusammensitzen und Torte essen. Mehr braucht man nicht für einen gelungenen Geburtstag. Und schon gar keine Hölle.

Vor 196 Seiten in der Hölle …
RUMPEL!
FIIIEP!
RAAAAAH!
KNACK
DAS HÖRT SICH AN WIE … DAS IST SCHLACHTGETÜMMEL! VERDAMMT! WIR WERDEN ANGEGRIFFEN! ALARM!
Was? Nein, nein, Chef. Wir werden nicht angegriffen.
Nicht? Aber was ist das denn sonst für ein Krach?
Kommen Sie mit, Chef. Ich zeig's Ihnen.

Idee & Text: Till

Zeichnungen: Frey

Jochen Till, geboren 1966 in Frankfurt/M., sitzt seit nunmehr zwanzig Jahren in der Hölle in Abteilung 66 (Schriftsteller und andere Lügenerfinder), von Luzifer höchstpersönlich dazu verdonnert, Kinder- und Jugendbücher zu schreiben. Was der Teufel allerdings nicht weiß: Er fühlt sich pudelwohl dort unten und hat höllischen Spaß dabei.

Raimund Frey, geboren 1982 in Isny im Allgäu, zeichnete bereits im zarten Alter von 5 Jahren seine erste Kuh. Luzifer hielt das Bild für ein äußerst gelungenes Porträt von sich selbst und holte Raimund sofort in die Hölle. Seitdem sitzt er dort und malt alles, was der Teufel von ihm verlangt. Und wenn der Chef gerade nicht hinguckt, zeichnet Raimund heimlich ganz viele Dinosaurier.

Höllisch gute Produkte zu Luzifer junior findet ihr hier:

www.luziferjunior.shop

LUZIFER junior

ISBN 978-3-7432-0565-9

98
40
60
WILLKOMME